漢詩七五訳に遊ぶ

「サヨナラ」ダケガ人生カ

松下　緑

集英社

漢詩七五訳に遊ぶ

「サヨナラ」ダケガ人生カ

まえがきに代えて

本書は著者の松下緑さんが、「湖畔吟遊」という個人誌に、五十六回にわたって連載した漢詩戯訳のなかから、とくに軽妙洒脱な表現のうちに人生の哀歓を詠みこんだ秀作を選び、一冊にまとめたものです。

書名を『サヨナラダケガ人生カ』としたのは、つぎのような理由からでした。

「サヨナラダケガ人生ダ」という詩句は、作家の太宰治が酔うといつも口ずさみ、絶筆となった小説『グッド・バイ』で広く人々に知られるようになりました。もともとこの詩句は、太宰の小説の師であった井伏鱒二の詩集『厄除け詩集』におさめられている「勧酒」という訳詩の一行です。その詩をあげておきます。

勸酒　于《う》武《ぶ》陵《りよう》

勸君金屈巵
滿酌不須辭
花發多風雨
人生足別離

君《きみ》に勧《すす》む　金屈巵《きんくつし》
満酌《まんしゃく》　辞《じ》するを須《もち》いず
花発《はなひら》けば　風雨《ふうう》多《おお》し
人生《じんせい》　別離《べつり》足《た》る

コノサカヅキヲ受ケテクレ
ドウゾナミナミツガシテオクレ
ハナニアラシノタトヘモアルゾ
「サヨナラ」ダケガ人生ダ

平成五年に井伏さんが九十五歳で亡くなったとき、松下さんは「『厄除け詩集』讃」という文章を「湖畔吟遊」に書いています。そのなかで、「私は、若いころは現代詩を書き、こんにち晩年に至ってはこうして漢詩戯訳を楽しんでいる。詩に関しては私は師を持たなかった。ただ、漢詩戯訳については、そもそものはじめから一冊のお手本があった」と書き、『厄除け詩集』の書名をあげていました。

つまり、太宰治の小説の師であった井伏さんは、松下さんにとっては漢詩戯訳の師であったという奇しき因縁があったわけです。

ただ、松下さんの人生に対する向き合い方は、太宰とは違っていました。松下さんは、小説『グッド・バイ』を残して愛人と入水情死した太宰について、こんなふうに言っています。

「まさにサヨナラダケが彼（太宰）のテーマだった。しかし、一期一会とは言っても一期一別とは言わない。（中略）サヨナラダケが人生ではない」

松下さんは、「サヨナラダケガ人生ダ」という断定に疑問を投げかけていたのです。

「サヨナラダケガ人生カ」と。

松下さんは「湖畔吟遊」の創刊号で、つぎのように述べていました。

ワーズワースやコールリッジの「湖畔詩人」にちなみ、また、自ら住むところが手賀沼（千葉県）に近く、かつて朝日新聞の大記者・杉村楚人冠氏がこの地に居を構えて、「湖畔吟」なる随想を戦前長年にわたって発表しつづけた故事にあやかったものです。

ただし、「吟遊」と定めたように、もっぱら詩を吟じ詩に遊ぶことを目的とした小誌なので、世事にかかわることなく、ただ「詩」を語ることに専念したいと思います。

残ツタ生命《イノチ》ハサズカリモノダ　好イタコトデモシテ暮ラソ（殘軀天所赦　不樂復如何。伊達政宗）の心境です。

小生の詩は概してライトヴァースに類するもので、いわば軽妙洒脱を持ち味とした独特の風雅を身上とする詩で、漢詩の戯訳もその分野に属します。

漢詩解読に関する書物は汗牛《かんぎゅう》充《じゅう》棟《とう》の趣があります。もちろんそれらのお世話にならなければ小生の戯訳も生まれようがありませんが、もともと風狂を看板とする珍訳・

迷訳ははては誤訳によって織りなす可笑しみが狙いですから、通説にはずれていても意に介しません。（93・5・16）

だが、その「戯訳」を読んでみると、「戯」ということばの持つ「たわむれ遊ぶ」とか「ふざける」という感じのものとはずいぶん違います。遊びの要素が全くないわけではありませんが、そこには遊ぶという心理や行為が持つ、ある種の虚しさや寂しさ、それが感じられます。何よりも「戯訳」と言いながら、使われていることばが日本語としてもとても美しい。一方、原詩の内容をもじってパロディ化したものは諧謔《フモール》と風刺《サタイア》に富み、楽しくて少し苦い。それは松下さんの、漢語・漢詩に対する鋭い感性と深い知性から生み出されたものでしょう。また、多感な旧制中学生の時代を漢字・漢文の本場、中国の上海で過ごし、江南地方の風物にも親しんだという松下さんの生育歴とも深くかかわりあっているにちがいありません。

中国のすぐれた詩文を集めた『文選』が、はじめてわが国に入ってきたのは六世紀の後半から七世紀の前半、推古天皇の時代でした。そして奈良時代以後、江戸時代に至るまで、『白氏文集《はくしもんじゅう》』『三体詩』『唐詩選』などの漢詩集が中国からもたらされ、広くわが国の知識人に愛読・愛誦されました。しかし、それらの漢詩が原語のまま愛読・愛誦されたわけではありません。それらは「訓読漢詩」として愛好されたのです。

近代になって生まれた日本の詩型に「新体詩」があります。新体詩も、新体詩から派生した寮歌や軍歌、そして唱歌や演歌も、リズムという点ではほとんどが七五調、もしくは五七調でした。五七調、七五調はもともと和歌のリズムです。その五と七のやさしくやわらかい和語（倭《やまと》ことば）のリズムに、訓読漢詩の音読みのことばの快さが加わって、五七、七五調の日本独特の定型詩が生まれました。

松下さんの本書の戯訳も、大部分が七五調か五七調で、新体詩に近いかたちですが、そこに使われていることばは、六十代半ばを過ぎてからの作とは思えないほど瑞々しく、美しい。本書を繙《ひもと》かれる方は、中段の訓読漢詩と松下さんの戯訳とを読みくらべながら、新しい日本の詩語の美しさを味わっていただきたいと思います。

編者　柳川　創造

装丁　森本 博

目次

四季の情景を謳う―― 17

人生の哀歓を詠む

恋と友情と

惜別のうた——201

四季の情景を謳う

イクサノ果《ハ》テル日《ヒ》ハイツカ

オトニ聞コエシ洞庭《ドウテイ》ノ
岳陽楼《ガクヨウロウ》ニ来テミレバ
タツミノカタハ呉《ゴ》ト楚《ソ》ノ地
水ニキラメク月日カゲ
マテド身寄リノ便リナク
老イノヤマイニ舟ヒトツ
イクサノ果《ハ》テル日ハイツカ
涙ナガレテトドマラズ

岳陽楼《がくようろう》に登《のぼ》る　杜甫《とほ》

昔聞く洞庭《どうてい》の水
今上《のぼ》る岳陽楼
呉楚《ごそ》は東南に坼《さ》け
乾坤《けんこん》日夜浮かぶ
親朋《しんぽう》一字だに無く
老病孤舟《こしゅう》 有るのみ
戎馬《じゅうば》は関山《かんざん》の北
軒《けん》に憑《よ》れば涕泗《ていし》流る

登岳陽樓
昔聞洞庭水
今上岳陽樓
吳楚東南坼
乾坤日夜浮
親朋無一字
老病有孤舟
戎馬關山北
憑軒涕泗流

戯訳の最初に取りあげたのは、杜甫の「登岳陽楼」である。「登岳陽楼」は、長くわが国の漢詩愛好者に愛誦《あいしょう》されてきた杜甫の代表作の一つである。

杜甫《とほ》（七一二―七七〇）は盛唐の詩人。襄陽《じょうよう》（湖北省《こほく》）に生まれ、のち鞏県《きょう》（河南省《かなん》）に移り住んだ。二十四歳のとき科挙《かきょ》を受験するが落第。天宝《てんぽう》三年（七四四）、洛陽《らくよう》で李白《りはく》（七〇一―七六二）と知りあい、二人で河南各地を旅行した。

四十四歳ではじめて東宮府《とうぐうふ》の属官の職を得るが、安禄山《あんろくざん》の乱に巻きこまれ、長安《ちょうあん》に閉じこめられた。乱後、左拾遺《さしゅうい》（君主の過失を諫《いさ》める官職）として宮廷に仕えたが、官吏としては不遇だった。後半生は放浪の生活を送り、五十九歳の冬、病いのため舟のなかで死んだ。その詩は、『詩経《しきょう》』や漢《かん》・魏《ぎ》の楽府《がふ》の伝統を継承し、律詩の完成者と称される。

「岳陽楼《がくようろう》」は洞庭湖《どうていこ》（湖南省《こなん》岳陽市）の西北の丘の上に立つ楼閣。武昌《ぶしょう》の黄鶴楼《こうかくろう》、南昌《なんしょう》の滕王閣《とうおうかく》とともに江南《こうなん》の三大名楼と称される。唐《とう》の開元《かいげん》四年（七一六）の創建。七六八年、杜甫は病いをおして三峡《さんきょう》を下り、荊州《けいしゅう》（湖北省《こほく》沙市市《しゃし》）から北に帰ろうとしたが、内乱のために果たさず、各地を転々と放浪し、洞庭湖にのぞむ岳陽にたどりついたとき、この詩を詠んだ。

「東南坼」は、「呉楚《ごそ》」の二国がここ東南の地において、洞庭湖によって二分されているの意。

「戎馬《じゅうば》」は軍馬。そのころ長安の近くでは吐蕃《とばん》の侵入軍との戦いが行われていた。「涕泗《ていし》」は涙と鼻水。目から出るのを涕、鼻から出るのを泗という。涙を流すとき出る鼻水が泗である。

クニニ帰ルハ イツノ日《ヒ》ゾ

絶句《ぜっく》　杜甫《とほ》
キヨキ川面《カワモ》ノカモメドリ
ミドリノ山ニサツキモエ
コトシモ春ハスギテユク
クニニ帰ルハイツノ日ゾ
江碧《こうみどり》にして鳥逾々《いよいよ》白く
山青《やまあお》くして花然《も》えんと欲《ほっ》す
今春看々《みすみす》又《また》過ぐ
何《いず》れの日か是《こ》れ帰《き》年《ねん》ならん

絶句
江碧鳥逾白
山青花欲然
今春看又過
何日是歸年

「詩仙」と称された李白《りはく》は絶句の名手といわれ、「詩聖」と呼ばれた杜甫《とほ》はどちらかというと長文の律詩のほうが得意だったとされる。この「絶句」は「登岳陽楼」とともに、杜甫の五言絶句の名作として知られ、わが国でも人々に愛誦《あいしょう》されてきた。

「碧」は碧玉《エメラルド》の色をもとにした濃いみどり色。「青」は黒っぽいみどりをあらわすことが多いが、ここでは草や木の浅いみどり色をあらわす。「逾」は愈に同じ。平仄《ひょうそく》の関係でこの字を使ったのである。「看」は手をかざし、太陽の光をさえぎって見るという意味をあらわし、目《ま》のあたりに見ること。「何日是帰年」は李白の「陸判官《りくはんがん》の琵琶峡《びわきょう》に往《ゆ》くを送る」に「何日是帰期」というほぼ同じ表現がある。

杜甫が官職を捨て、十余年に及ぶ漂泊生活に入ったのは七五九年の秋、四十八歳のときだった。その年の暮れ、成都《せいと》にたどりついた杜甫は、いとこや友人たちの援助を得て、浣花渓《かんかけい》のほとりに草堂をいとなみ、はじめて平安な暮らしを得ることができた。しかし七六三年、成都に起こった反乱事件を避けて梓州《ししゅう》に移る。翌七六四年、反乱事件もおさまり、ふたたび成都の草堂に帰った。そして山河の春をうたい、ふるさとの地に思いを馳《は》せるのである。

月《ツキ》沈《シズ》ムコロ カラス啼《ナ》キ

月沈ムコロカラス啼《ナ》キ
霜ハ地ニ敷ク天ノ星
夢ノ現《ウツツ》ニ浮カビクル
岸辺ノモミジ沖ノ漁火《ギョカ》
蘇《ソ》州《シュウ》ハズレノ寒山寺《カンザンジ》
夜半《ヤハン》カネツク僧アリテ
聞コエテクルヨソノ音色《ネイロ》
舫《モヤ》イノ舟ノ枕辺《マクラベ》ニ

楓橋《ふうきょう》夜泊《やはく》　張継《ちょうけい》

月落ち烏《からす》啼《な》いて霜天《しもてん》に満つ
江楓《こうふう》漁火愁眠《しゅうみん》に対す
姑蘇《こそ》城外の寒山寺《かんざんじ》
夜半《やはん》の鐘声客船《かくせん》に到る

楓橋夜泊
月落烏啼霜滿天
江楓漁火對愁眠
姑蘇城外寒山寺
夜半鐘聲到客船

床の間に掛軸をかける趣味があるほどの日本の家庭には、たいていこの張継《ちようけい》（生没年不詳）の「楓橋夜泊《ふうきようやはく》」の軸がある。それも蘇州《そしゆう》・寒山寺《かんざんじ》の境内にたつ兪樾《ゆえつ》の石碑の拓本がほとんどである。

昔から、その解釈をめぐって、この詩ぐらいさまざまな説がある詩もめずらしい。

まず、烏《からす》は夜は啼《な》かないという説。これは中国では早くから、烏は夜も啼くという事実判定で決着がついている。また、日本では、この訓読を「月は烏啼《うてい》に落ち」とする説が今もくすぶっている。「烏啼」という山があるというのだ。蘇州に行けば分かることだが、そんな山はない。

つぎは、夜半に鐘を鳴らす寺なんてあるかという中国宋《そう》代の論争。これも事実認定で寺によっては夜半に鐘をつく。寒山寺でもしかりということでケリがついた。いま、寒山寺の除夜の鐘をつくために、毎年日本から団体客がおしかけている。「姑蘇《こそ》」は蘇州の古名、「城外」は郊外の意味。

さらにもう一つ。作者張継は一人ではなく、船には妓女《ぎじよ》がいて二人で鐘の音を聞きながら寝たという説と、いやそうではない、妓女は張継との約束をすっぽかして、ほかの客の船に行ってしまったので、待ちぼうけをくわされた張継は、「愁眠」に堪えかねてこの詩を作ったという説。その昔、わが国五山《ごさん》の禅僧たちがそんな艶談義《つやだんぎ》に興じたというが、それで悟りが開けたのだろうか。

張継は中唐《ちゆうとう》の詩人。襄州《じようしゆう》（現・湖北省《こほく》襄樊市《じようはん》）の人で、玄宗《げんそう》の天宝《てんぽう》十二年（七五三）の進士《しんし》。代宗《だいそう》の大暦《たいれき》年間（七六八―七七九）に大理司直《たいりしちよく》、塩鉄判官《えんてつはんがん》などを歴任するが、当時の政治には不満を持っていたらしい。

枕辺《マクラベ》ニキク夜半《ヨワ》ノ鐘《カネ》

楓橋《ふうきょう》に宿《しゅく》す　陸游《りくゆう》

七ネンブリノ寒山寺《カンザンジ》
枕辺《マクラベ》ニキク夜半《ヨワ》ノ鐘
風月《フウゲツ》思ウユトリナシ
四川《シセン》ハハルカ幾千里

七年到《いた》らず楓橋《ふうきょう》の寺
客枕依然《かくちんいぜん》たり半夜《はんや》の鐘
風月未《いま》だ須《もち》いず軽々《かろがろ》しく感慨するを
巴山此《はざんこ》より去りて尚千重《なおせんちょう》

宿楓橋
七年不到楓橋寺
客枕依然半夜鐘
風月未須輕感慨
巴山此去尚千重

張継《ちょうけい》の詩ほどは知られていないが、この陸游《りくゆう》（一一二五—一二〇九）の詩は「楓橋夜泊《ふうきょうやはく》」をふまえて作られたものである。

陸游は南宋《なんそう》の人である。長命の詩人で、八十五歳で没するまで詩を書きつづけた。驚くのはその生涯に三万首もの詩を作ったことである。彼は四十歳以前の作詩のほとんどを廃棄し、現在残された詩は約九千二百首だが、それでも他を圧倒している。

陸游が生まれるとほぼ同時に北宋《ほくそう》は金《きん》にほろぼされ、ほどなく臨安《りんあん》（現・杭州《こうしゅう》）に高宗《こうそう》を擁して樹立されたのが南宋であった。南宋はつねに金の侵攻にさらされ、ついに莫大《ばくだい》な貢物を献じて屈辱的な和平を得た。金を討って失地回復をはかろうとした主戦派は岳飛《がくひ》のように謀殺されたり、あるいは追放の憂き目にあった。陸游も主戦派に属していたから、科挙《かきょ》の試験に首席で合格しながら官途につくのはむずかしかった。ようやく三十四歳で地方官となり、三十八歳のとき進士《しんし》（上級職）の資格が認められ、中央政府の歴史編纂《へんさん》の役職を得た。

しかし、四十二歳のときには、張浚《ちょうしゅん》の北伐を支持したかどで失脚し、故郷に帰った。陸游の詩には愛国詩人と田園詩人の二つの側面がある。「宿楓橋」は、四十五歳のとき、夔州《きしゅう》（四川《しせん》省）の通判《つうはん》（副知事）に任命された陸游が翌年赴任の途中、曾遊《そうゆう》の地蘇州《そしゅう》に一泊したときの作。陸游は張継のように客船に泊まったのではなく、彼の日記「入蜀記《にゅうしょくき》」によれば、寒山寺《かんざんじ》近くの宿に泊まったらしい。彼は思わぬ病気のため赴任が六か月も遅れたため気もそぞろであった。その気持ちが詩にもよくあらわれている。「巴山《はざん》」は四川省東南部重慶《じゅうけい》一帯の山岳地帯をさす。

草《クサ》木《キ》ハ萌《モ》エテ 花《ハナ》競《キソ》イ

草木ハ萌《モ》エテ花競《キソ》イ
鳴クハウグイス方《ホウ》千里
岸辺ノ村ヤ峡《カイ》ノマチ
酒屋ノ旗ガユレテイル
ムカシ栄エタ寺ノ数
四百余リト聞クニツケ
トオク近クノ古キ塔
雨ニ煙《ケブ》ルガウラガナシ

江南《こうなん》の春《はる》　杜《と》牧《ぼく》

千里鶯《うぐいす》　啼いて緑紅《くれない》に映ず
水村山郭酒旗《すいそんさんかくしゅき》の風
南朝《なんちょう》　四《し》百《ひゃく》　八十寺《はっしんじ》
多少の楼台烟雨《えんう》の中《うち》

江南春
千里鶯啼緑映紅
水村山郭酒旗風
南朝四百八十寺
多少樓臺烟雨中

漢詩といえば『唐詩選《とうしせん》』というくらいわが国では昔から親しまれてきた。本場の中国よりも読まれているという。ところが『唐詩選』には白居易《はくきょい》や杜牧《とぼく》（八〇三—八五二）といった有名な詩人の詩が一首も入っていない。編者とされる明《みん》の李攀竜《りはんりょう》（一五一四—一五七〇）は中唐《ちゅうとう》・晩唐《ばんとう》時代の詩には冷淡で、もっぱら盛唐《せいとう》詩に片寄った選び方をした。もっとも多いのは杜甫《とほ》の五十一、ついで李白《りはく》三十三、王維《おうい》三十一、岑参《しんじん》二十八と盛唐時代の詩人が肩を並べている。

一方『唐詩選』よりも約三百五十年前、南宋《なんそう》の周弼《しゅうひつ》によって編纂《へんさん》刊行された『三体詩』には、杜甫および李白の詩は一首も入っていない。中唐・晩唐の詩人の作品に多くをさいている。

『三体詩』の三体とは、七言絶句、七言律詩、五言律詩の三つの詩型をいう。「江南春」は杜牧の詩のなかでももっとも人口に膾炙《かいしゃ》した七絶の秀作で、わが国でもしばしば詩吟の対象とされる。

「山郭《さんかく》」とは山あいの村や町で、周囲が土壁でかこまれている。「酒旗《しゅき》」は酒屋が目印に立てた細長い青い布の旗で、当時の江南《こうなん》（長江《ちょうこう》下流の南岸）の風物であった。「南朝《なんちょう》」とは五、六世紀建《けん》康《こう》（現・南京《ナンキン》）に都を置いた宋、斉《せい》、梁《りょう》、陳《ちん》の四王朝で、仏教が栄え寺院が多かった。「多少」はここでは多くの意。前の対句《ついく》は晴れた日の田園風景を、後の対句は春雨けぶる古都の情景を描いて一対の屏風絵《びょうぶえ》のようなおもむきがある。

「鯊《はぜ》釣るや水村山郭酒旗の風」と、江戸中期の俳人で蕉門《しょうもん》の十哲《じってつ》の一人、服部嵐雪《はっとりらんせつ》が詠んだこの句は、本歌取り俳句の見本となった。はぜ釣りは本来秋の季語だが、江戸っ子嵐雪が隅田川《すみだがわ》のほとりで釣っている図はさまになっている。

霜《シモ》ニ打《ウ》タレシ 紅《アカ》キ葉《ハ》ハ

サミシキ山ノ路《ミチ》
ノボレバ秋モ極《キワ》マッテ
白キ雲湧《ワ》ク峯《ミネ》チカク
忽然《コツゼン》トシテ人家アリ
車ヲトメテ暮レナズム
カエデ林ヲ賞《メ》デル目ニ
霜ニ打タレシ紅《アカ》キ葉ハ
春ノ花ニモマサリケリ

山行《さんこう》　杜牧《とぼく》

遠く寒山《かんざん》に上《のぼ》れば石径《せきけい》斜めなり
白雲生ずる処《ところ》　人家有り
車を停《とど》めて坐《そぞ》ろに愛す楓林《ふうりん》の晩《くれ》
霜葉《そうよう》は二月の花よりも紅《くれない》なり

山行
遠上寒山石徑斜
白雲生處有人家
停車坐愛楓林晩
霜葉紅於二月花

杜牧《とぼく》（八〇三―八五二）は晩唐《ばんとう》を代表する詩人である。盛唐《せいとう》の杜甫《とほ》を「老杜《ろうと》」と呼ぶのに対し、杜牧は「小杜《しょうと》」と称された。祖父が宰相《さいしょう》までつとめた名門の出で、二十五歳で進士《しんし》に合格したあと、各州の刺史《しし》（知事）を歴任、とくに江南《こうなん》の揚州《ようしゅう》勤務の時代は花柳の巷《ちまた》に遊興して風流才子の名を高めた。のち中書舎人《ちゅうしょしゃじん》（詔勅《しょうちょく》起草者）となった。兵法学者としても著名で『孫子《そんし》』の注釈を残している。『樊川詩集《はんせんししゅう》』には約六百首の詩がおさめられている。樊川は杜牧の号である。

その詩には国政の紊乱《びんらん》を憂《うれ》えたものや、歴史を詠じたものが多く、高い識見と理想をうたいあげている。また、絶句を作らせたら晩唐の詩人のなかで随一といわれ、この「山行」や「江南の春」でも分かるように、ことばが美しく格調高く、日本にもファンが多い。

「山行《さんこう》」は山あるきのこと。この詩は最後の一句によってとくに名高い。それに「車」が出てくることでも格別の意味がある。車はもちろん馬車だろうが、始皇帝《しこうてい》の兵馬《へいば》俑坑《ようこう》から出土したような大型の馬車ではなく、一人乗りの小型の二輪馬車を私は想像する。「石径《せきけい》」は小石の多い道で、この馬車ならのぼっていけそうだ。

誰《タレ》ト語《カタ》ランコノ愁《ウレ》イ

秋日《しゅうじつ》　耿湋《こうい》

夕日ガ村ヲ照ラス時
誰ト語ランコノ愁《ウレ》イ
旧街道ハヒトケナク
唐《トウ》黍《キビ》ノ葉ニ風ガ鳴ル

返照《へんしょう》 閭巷《りょこう》に入り
憂《うれ》え来《きた》るも誰《たれ》と共にか語らん
古道《こどう》人の行くこと少《まれ》に
秋風禾《か》黍《しょ》を動かす

秋日
返照入閭巷
憂來誰共語
古道少人行
秋風動禾黍

この「秋日《しゅうじつ》」は日本人の琴線《きんせん》にふれるところがあって、長く愛誦《あいしょう》されてきた。『唐詩選《とうしせん》』には耿湋《こうい》（七三四—？）の詩はこの一首がのるだけであるが、司空曙《しくうしょ》などとともに彼は「大暦《たいれき》の十才子」とよばれ、軽妙な詩を得意とした。河東《かとう》（山西省《さんせい》）の出身で、進士《しんし》合格者として、のちに左拾遺《さしゅうい》となった。拾遺とは天子の側近に仕え、天子の過失を諫《いさ》める役職で、左と右の二つがあった。「返照《へんしょう》」は照りかえし、または夕日の光をいう。「閭巷《りょこう》」は村里である。「古道」は昔の道、荒れはてた小道。「少」はまれにと読むが、ほとんどないという意味に用いられる。「禾黍《かしょ》」は稲ときびのこと。戯訳では唐黍《とうきび》としたが、コーリャン（高粱）のことである。ゆめゆめトウモロコシと勘違いしないように。あれはコロンブスが新大陸からもたらした植物で、唐代には存在しなかった。

松尾芭蕉《まつおばしょう》はこの詩を典故《てんこ》として、つぎの二句を作ったといわれている。

あかあかと日は難面《つれなく》もあきの風
此道《このみち》や行人《ゆくひと》なしに秋の暮

二句ともによく耿湋の詩境と共鳴しあっている。
また、会津八一《あいづやいち》は、この詩をつぎのような短歌にしている。

いりひさすきびのうらはをひるがへし　かぜこそわたれゆくひともなし

桃《モモ》ノハナ咲《サ》ク里《サト》ニ出《デ》タ

山西《さんせい》の村《むら》に遊《あそ》ぶ　陸游《りくゆう》
「暮レニ仕込ンダ濁酒《ドブロク》デキタ
ヒヤカシ気分デオ客ニゴザレ
去年ハ豊作モテナスホドノ
馳走《チソウ》モタントアルユエニ」
山ミチタドリ川ニ沿イ
路《ミチ》ヲ迷《マヨ》タトアヤブミ行ケバ
コンモリ繁《シゲ》ッタヤナギノ畔《ホトリ》
桃ノハナ咲ク里ニ出タ
笑う莫《な》かれ農家の臘酒《ろうしゅ》渾《にご》れるを
豊年客を留《とど》むるに雞豚《けいとん》足れり
山重なり水複《かさ》なりて路《みち》無きかと疑い
柳暗く花明らかに又《また》一村

遊山西村

莫笑農家臘酒渾
豊年留客足雞豚
山重水複疑無路
柳暗花明又一村

「遊山西村」は陸游《りくゆう》（一一二五—一二一〇）四十三歳の作。前年陸游は将軍張浚《ちょうしゅん》の北伐《ほくばつ》を支持したため、隆興《りゅうこう》（江西省《こうせい》）の副知事の職を失い故郷に帰ったが、このころ詩作について悟るところがあったらしく、若い時代の作品をほとんど捨ててしまった。そのあとの作である。対句《ついく》のみごとさがきわ立っている。「山重水複疑無路　柳暗花明又一村」の聯《れん》は山村の情景を描いてまさに南画の世界である。山西村《さんせいそん》は故郷紹興《しょうこう》から西に四キロほど、春の祭りにさそわれたおりの偶成であろう。「臘酒《ろうしゅ》」とは師走に仕込む酒で、それが渾《にご》っているままの原酒。紹興一帯は当時（十二世紀）すでに黄酒（老酒）醸造の技術ができていたという。「雞豚《けいとん》」とはご馳走《ちそう》の形容語である。

「遊山西村」は八句からできていて、第五句以下つぎのようにつづく。

ヤシロノ春ノ祭リモ近ク
　笛ヤ太鼓ガ鳴リヒビキ
ムカシナガラノ装束《ショウゾク》ツケル
　フルイシキタリ気ニ入ッタ
道モ分カッタコレカラハ
　月ノヒカリニ照ラサレナガラ
杖ヲタヨリニ何時《イツ》トハイワズ
　夜分ヒョッコリ訪ネテコヨカ

簫鼓《しょうこ》追随して春社近く　　簫鼓追随春社近
衣冠簡朴《いかんかんぼく》にして古風存す　　衣冠簡朴古風存
今より若《も》し閑《かん》に月に乗ずるを許さば　　従今若許閑乗月
杖を拄《つ》き時と無く夜門を叩かん　　拄杖無時夜叩門

白帝城《ハクテイジョウ》ヲ後《アト》ニシテ

早《つと》に白帝城《はくていじょう》を発《はっ》す　李白《りはく》

東雲《シノノメ》ノ白帝城《ハクテイジョウ》ヲ後ニシテ
千里ヲイッキ江陵《コウリョウ》ヘ
両岸ノサル啼《ナ》キヤマズ
断崖《イワ》マタ絶壁《イワ》ヲ舟ハ過ギ

朝《あした》に辞《じ》す白帝彩雲《さいうん》の間《かん》
千里の江陵《こうりょう》　一日《いちじつ》にして還《かえ》る
両岸の猨声《えんせい》啼《な》いて住《や》まず
軽舟《けいしゅう》　已《すで》に過ぐ万重《ばんちょう》の山

早發白帝城
朝辭白帝彩雲間
千里江陵一日還
兩岸猨聲啼不住
輕舟已過萬重山

わが国でもっともよく知られている中国の詩人といえば、李白《りはく》と杜甫《とほ》であろう。

李白は砕葉《スイアブ》（唐代は安西都護府《あんせいとごふ》に属し、現在はキルギスタン北部のトクマク付近）に生まれ、五歳のとき父親に伴われて四川《しせん》に移り住んだ。

玄宗《げんそう》（六八五―七六二）の天宝《てんぽう》元年（七四二）、玄宗の妹玉真公主《ぎょくしんこうしゅ》の推挙で朝廷に入り、翰林《かんりん》供奉《きょうほう》（侍従）兼宮廷詩人として重んじられた。しかし、宦官《かんがん》の高力士《こうりきし》らに疎《うと》まれて追放され、長い流浪漂泊の生活に入った。安禄山《あんろくざん》の乱（七五五）後、王子の謀反事件に連座して流罪に処せられ、数年後に病死した。酔って水中の月を捕えようとして溺死《できし》したとも伝えられる。

李白は楽府《がふ》、とくに七言古詩（古体詩）にすぐれ、あわせて絶句を得意とした。「早発白帝城」は李白の代表的な七絶である。

「白帝城《はくていじょう》」は長江《ちょうこう》が三峡《さんきょう》の急流にそそぐ第一の峡谷瞿塘峡《くとうきょう》入口の北岸の山頂にある。この岸辺から舟で約二百キロの急流を一気に下り、さらに「江陵《こうりょう》」（湖北《こほく》省南部）へと至るのである。「千里」（約五百キロ。当時の中国の一里は約五百メートル）は誇張ではない。朝焼けに色どられた白帝城をあとに、猿の鳴き声を聞きつつ波しぶきを浴び、そそり立つ絶壁の間を小舟は激流に押し流されつつ進むのである。二〇〇九年に三峡ダムが予定通り完成すると、ダムの水位は白帝城の脚下にせまり、三峡の絶景は消滅する。

昔《ムカシ》ハアクセク シタモノダ

登科《とうか》の後《のち》　孟郊《もうこう》

昔日《せきじつ》の齷齪《あくせく》誇るに足らず
今朝《こんちょう》 放蕩《ほうとう》思い涯《はて》無し
春 風《しゅんぷう》意を得て馬蹄《ばてい》疾《はや》く
一日看《み》尽《つく》す長 安《ちょうあん》の花

昔ハアクセクシタモノダ
今朝《ケサ》ノ喜ビ果テモナイ
春風ヲ背ニ馬ヲ馳《ハ》セ
ヒネモス京ノ花メグリ

登科後

昔日齷齪不足誇
今朝放蕩思無涯
春風得意馬蹄疾
一日看盡長安花

科挙《かきょ》は中国独特の官吏登用のための資格試験であった。隋《ずい》代から清《しん》末までの千三百年余にわたって実施され、文官優位の政治や詩礼尊重の文化を発展させる大きな支えとなった。日本やヨーロッパ諸国の封建時代、その支配体制がほぼ世襲と買官によって支えられてきたのに対し、中国では門地門閥に関係なく、科挙に合格した人物を政治の中枢にすえ、国家の事業が運営された。

科挙の最大の特徴は、その試験内容が、四書五経《ししょごきょう》にもとづく一定の文章表現（漢文）の能力と、自己の抱負と志を作詩（漢詩）する能力を試すことを主眼にした特異性にある。作文と作詩の上手なことが高級官僚となる必須《ひっす》条件だった。

中国では近代に至るまで、出世の道は高級官僚となる以外には望めなかった。そこで天下有為の青年たちはこぞって科挙の試験にいどんだ。百人に一人合格するかどうかという難関である。合格すれば進士《しんし》と称され、その一家は土地の名門となった。一方、落第した無数の人々は何度も何度も受験し、七十歳を越えてもあきらめない読書人（インテリ）もいた。そこで、四十五歳にしてやっと進士となった中唐《ちゅうとう》の詩人、孟郊《もうこう》（七五一―八一四）に登場してもらった。

「登科《とうか》」とは科挙の試験に合格することである。合格発表は春に行われ、勅許《ちょっきょ》によって合格者は王侯貴族の庭園を自由に観《み》てまわることができた。当時長安《ちょうあん》では牡丹《ぼたん》が花の王者としてもてはやされ「花開き花落つる二十日、一城の人皆狂うが如《ごと》し」という騒ぎであった。四十五歳の男が若者のように意気揚々として都の名花を追って馬を馳《は》せたのである。孟郊は詩才においては韓愈《かんゆ》と並び称されたものの、地方官としての生涯は不遇のままに終わった。

花《ハナ》落《オ》チテ イマダ掃《ハ》カズ

雨アガリ桃ノ花咲ク朝ボラケ
春霞《ハルガスミ》ヤナギノ緑アワシ
花落チテイマダ掃《ハ》カズ
ウグイスハ眠レル村ヲ鳴キ渡ル

田園《でんえん》の楽《たの》しみ　王維《おうい》

桃は紅《くれない》に復《ま》た宿《ゆうべ》の雨を含み
柳は緑に更に春の烟《かすみ》を帯ぶ
花落ちて家僮《かどう》未《いま》だ掃かず
鶯《うぐいす》啼《な》くも山客《さんかく》猶《なお》眠る

田園楽
桃紅復含宿雨
柳緑更帯春烟
花落家僮未掃
鶯啼山客猶眠

王維《おうい》（六九九頃―七六一）の六言絶句を取りあげてみたい。五言、七言にくらべて六言が古代中国であまり普及しなかったのは、六言のリズムが当時の人々の平仄《ひょうそく》に微妙なところでかみ合わなかったのが原因のようである。わが国における韻律が、七五調、五七調、七七調にほぼかぎられ、なかには凝《こ》って四六調、四八調などの破調《はちょう》で作詩を試みた詩人もあったが、あまり成功せず普及しなかったのに似ている。六言詩は漢《かん》のあたりから作られていたが、結局、王維の作品だけが歴史に残った。

「田園楽」は、王維が宮廷詩人としてもっとも名声を博していた時代の作とされている。終南山《しゅうなんざん》に別荘を持ったのもこのころである。唐《とう》はもっとも栄え、世の中は安らかだった。安史《あんし》の乱が起こるのはそれから十五年のちのことである。

王維は唐王朝の高級官僚で、このころは監察御史《かんさつぎょし》（官吏の非行を検察、弾劾する役職）という高官であった。また彼は熱心な仏教（浄土教《じょうどきょう》）信者でもあったといわれる。

王維の「田園楽」は、その一から七まで七首あるが、じつはその六こそが古来から絶唱と称されてきた詩なのである。訓読の仕方も幾通りかあるが、私のもっとも好きな訓《よ》み方を選んだ。中国語学者、故藤堂明保氏の追想記を里子夫人が本にまとめたとき、書名を『花落ちていまだ掃かず』（徳間書店）とされたが、それはこの詩から選ばれたのである。「山客」とは王維自らをいうようだが、私はむしろ明け方の静かな村のたたずまいのなかに、主人公を消しこんでみた。

酒屋《サカヤ》ノ旗《ハタ》ガ 呼《ヨ》ンデイル

江村即事《こうそんそくじ》　高啓《こうけい》

五月雨《サミダレ》アトノ岸ノ村
タワワニ梅モイロヅイタ
水面《ミナモ》ヲ渡ルソヨ風ニ
ツバメハ嬉々《キキ》ト飛ビ回ル
蓮《ハス》ノ葉巻キノ弁当ヲ
小舟ハ野良ヘハコビユク
酒屋ノ旗ガ呼ンデイル
カエリニオ寄リ竹葉酒《チクヨウシュ》

野岸《やがん》江村雨は梅を熟《う》れしめ
水平《たいら》かに風軟《やわら》かく燕《つばめ》は飛びて回《めぐ》る
小舟餉《しょう》を送る荷包《かほう》の飯《はん》
遠旆《えんはい》招き沽《う》る竹醞《ちくうん》の醅《ばい》

江村即事
野岸江村雨熟楳
水平風軟燕飛回
小舟送餉荷包飯
遠旆招沽竹醞醅

乱世に生をうけたばかりに、有為な詩才を惜しまれつつ、刑場の露と消えた一人の詩人がいる。その詩人とは高啓《こうけい》（一三三六―一三七四）。高啓が生まれたのは元《げん》の末期で、王朝内の争いが絶えず、しだいに支配者モンゴル族と文化的経済的に優位に立つ漢《かん》族との間に軋轢《あつれき》が高まっていた。

高啓は蘇州《そしゅう》近郊、呉淞江《ウースンこう》（現・蘇州河）岸の地主の家に生まれ、やはり呉淞江岸の青邱《せいきゅう》の豪族周《しゅう》家の娘と結婚し、自らもこの地を愛し、ここに移り住む。

一三五一年、天下は内乱状態となり、群雄が各地に割拠、長江《ちょうこう》流域では南京《ナンキン》の朱元璋《しゅげんしょう》と蘇州の張士誠《ちょうしせい》が天下をうかがう形勢となり、ともに呉王《ごおう》と称した。

十数年の抗争ののち張は朱に敗れて自殺した。朱は翌一三六八年大明《だいみん》帝国を樹立して皇帝となった（明太祖《たいそ》）。太祖がまず着手したのは、風俗習慣の復古と前帝国元の歴史の編纂《へんさん》である。高啓も編纂者の一人として召され、二年たらずで『元史《げんし》』は完成する。高啓は昇進を辞退して蘇州に帰ったが、太祖は独裁支配の確立のために、蘇州で政治事件をデッチあげ、多数の官僚や読書人を逮捕した。高啓も無実の罪に問われて南京に送られ、「腰斬棄市《ようざんきし》」という極刑に処せられた。

かつて私が住んだことのある江南《こうなん》の地はことに春と秋がすばらしい。生粋《きっすい》の江南人、高啓が詠んだ江南の風物詩は私の心をひきつけるのである。

「餉《しょう》」は弁当、「荷包飯《かほうはん》」は蓮《はす》（荷）の葉でつつんだ強飯《こわめし》。竹皮と同様蓮の葉には防腐効果があり、中国では各地で食品の包装に用いられる。「旆《はい》」は旗で、酒屋の旗を指す。「竹醞醅《ちくうんばい》」の「醞」は酒を醸《かも》すこと、「醅」は濁り酒。現在も竹葉酒《ちくようしゅ》という銘柄があるので戯訳に借用した。

空《ムナ》シウスレバ　火モ涼シ

夏日《かじつ》悟空上人《ごくうしょうにん》の院《いん》に題《だい》す　杜荀鶴《とじゅんかく》

酷暑《コクショ》ノサナカ禅ヲ組ム
夏日《カジツ》サエギル蔭《カゲ》モナシ
場所ヲエラバズソノ心
空《ムナ》シウスレバ火モ涼シ

三伏《さんぷく》門を閉ざして一衲《いちのう》を披《き》る
兼ねて松竹の房廊《ぼうろう》を蔭《おお》う無し
安禅は必ずしも山水を須《もち》いず
心頭《しんとう》を滅却《めっきゃく》すれば火も亦《また》涼し

夏日題悟空上人院
三伏閉門披一衲
兼無松竹蔭房廊
安禪不必須山水
滅却心頭火亦涼

天正《てんしょう》十年（一五八二）はわが国にとって大きな節目《ふしめ》の年となった。まず三月十一日、織田信長《おだのぶなが》によって追いつめられた武田勝頼《たけだかつより》とその一族が天目山麓《てんもくさんろく》（山梨県）でほろんだ。同年四月三日、武田の残党をかくまったとして、甲斐《かい》の恵林寺《えりんじ》は織田勢によって火を放たれ、寺僧ら百人余が焼き殺された。そのとき、寺の住持快川《かいせん》和尚は山門にこもり「心頭を滅却すれば火もまた涼し」と唱え、自若《じじゃく》として火中に没したという。その唱えた言葉が右の漢詩の結びの句で、この句を知らぬ人はいないだろう。

題名にある悟空上人《ごくうしょうにん》の経歴は知られていない。夏のある日の上人の僧院をテーマにした詩という意味である。

「三伏《さんぷく》」とは夏の酷暑のころをいう。「衲《のう》」は僧衣で、三伏の候に寺の門をとざし、きちんと僧衣をつけた悟空上人が座禅を組んでいるさまをまず描いている。「房廊《ぼうろう》」（僧房）の屋根は太陽に焼かれ、寺の境内の松や竹もその熱気をさえぎることはできない。しかし、おちついて座禅を組むには、べつに山の中や川のほとりなどの静かな環境を必要とするわけではない。こころ（心頭）を空《むな》しくすれば、火も熱いものではないという、禅者の境地をこの詩は詠じている。

北宋《ほくそう》時代、中国で編纂《へんさん》された禅宗第一の書といわれる『碧巌録《へきがんろく》』にもこの詩はおさめられている。その写本ははじめ道元《どうげん》によってわが国にもたらされたという。杜荀鶴《とじゅんかく》（八四六—九〇四）は晩唐《ばんとう》の大詩人杜牧《とぼく》の末子で、父の血を引いて詩が巧みであった。しかし、彼は上司の権力をかさに人を陥《おとしい》れる行為などがあり、詩とは裏腹な軽薄な人物と評されている。

天草《アマクサ》ナダニ日《ヒ》ハ沈《シズ》ミ

雲カ山カハタ呉《ゴ》カ越《エツ》カ
水平線上ホノカニ浮カブ
船路《フナジ》ハルバル天草《アマクサ》ナダニ
夕靄《ユウモヤ》コメテ日ハ沈ミユク
波間《ナミマ》ニ跳《ハネ》ル大魚ヲ見タリ
明星《ミヨウジヨウ》船ノヘサキニ映エテ

天草洋《あまくさなだ》に泊《はく》す　頼山陽《らいさんよう》

雲か山か呉《ご》か越《えつ》か
水天髣髴青一髪《すいてんほうふつせいいっぱつ》
万里舟を泊《はく》す天草の洋《なだ》
煙は篷窓《ほうそう》に横たわりて日漸《ようや》く没す
瞥見《べっけん》す大魚《たいぎょ》の波《は》間《かん》に跳《おど》るを
太白《たいはく》船に当たりて明《めい》　月《つき》に似たり

泊天草洋
雲耶山耶呉耶越
水天髣髴青一髮
萬里泊舟天草洋
烟横篷窗日漸沒
瞥見大魚跳波間
太白當船明似月

「呉《ご》」と「越《えつ》」はともに昔、中国長江《ちようこう》下流に栄えた国の名で、もちろん天草灘《あまくさなだ》から見える距離ではない。「髣髴《ほうふつ》」はうすぼんやりとおぼろげなさま。「青一髪《せいいつぱつ》」は蘇軾《そしよく》の有名な詩句「青山一髪是中原」を引用したもので、水平線上にかすかに横たわるさまをいう。「篷窓《ほうそう》」は船の小窓のこと。「太白《たいはく》」は宵の明星、金星の別称である。

日本人の作る漢詩は唐詩を手本に作られてきたが、江戸時代に入ると、その模倣と制約を突き破って日本独自の詩韻を形づくるようになった。頼山陽（一七八〇—一八三二）のこの詩も、中国の詩にはまれな海の感触がいきいきと描かれている。

頼山陽は江戸後期の儒学者で、二十代に著わした『日本外史』によって広く知られている。明治維新をもたらした幕末の志士たちに、明確な国史観を与えたのがこの書である。山陽は詩文にも長じ、とくにその『日本楽府《にほんがふ》』は、日本史を彩る数々のエピソードを多くの漢詩で詠じた作品として高く評価されている。

人生の哀歓を詠む

東京本社ヲ 訪ネレバ

洛中《らくちゅう》に袁拾遺《えんしゅうい》を訪《たず》ねしも遇《あ》わず　孟浩然《もうこうねん》

東京本社ヲ訪ネレバ
君ハ辺地《ヘンチ》ニ左遷《サセン》トカ
御地《オンチ》ハ梅ノ花ザカリ
春ノ思イハ如何《イカ》バカリ

洛陽《らくよう》に才子《さいし》を訪《と》えば
江嶺《こうれい》に流人《るにん》と作《な》れり
聞くならく梅花早しと
此《こ》の地の春と何如《いかん》ぞ

洛中訪袁拾
遺不遇
洛陽訪才子
江嶺作流人
聞説梅花早
何如此地春

世渡リ巧者《コウシャ》ガ 出世シテ

喬侍御《きょうじぎょ》に贈る　陳子昂《ちんすごう》

世渡リ巧者《コウシャ》ガ出世シテ
現場ノ気骨《キコツ》ハ嫌ワレル
イサマシイノハ監査役
白髪《シラガ》ノ首ガ気ニカカル

漢庭巧宦《かんていこうかん》栄え
雲閣辺功《へんこう》を薄《うと》んず
憐《あわ》れむ可《べ》し聡馬《そうば》の史
白首誰《はくしゅた》が為《ため》にか雄《さか》んなる

贈喬侍御
漢庭榮巧宦
雲閣薄邊功
可憐聰馬史
白首爲誰雄

この二つの詩は『唐詩選《とうしせん》』の中の五言絶句である。原詩の意味をあまりそこなわないように心がけながら、サラリーマン社会に置きかえて戯訳してみた。

はじめの詩の作者の孟浩然《もうこうねん》（六八九―七四〇）は、四十歳のとき科挙《かきょ》（官吏登用試験）に落第、失意のうちに、郷里の襄陽《じょうよう》（湖北《こほく》省）に帰る。七三七年、荊州《けいしゅう》の長史（副知事）として着任した張九齢《ちょうきゅうれい》（六七三―七四〇）の知遇を得て官途《かんと》につくが、三年後に、なまものを食べたため背中にできた疽《そ》が悪化し、五十二歳で急逝《きゅうせい》する。

　張九齢は詩人としても高名で、人生の哀歓を詠んだ「照鏡見白髪（鏡に照らして白髪を見る）」という詩（一〇六ページ）を残している。

　孟浩然も詩人としての名声は若いころから高く、故郷の山水《さんすい》や旅行の道すがらの風景をのびのびと詠んだ詩が、高く評価されている。「春眠暁を覚えず」の名句で知られる「春暁」（一〇八ページ）の作者が孟浩然である。

　「洛陽《らくよう》」は東京《とうけい》とも呼ばれた。「才子」は袁拾遺《えんしゅうい》のこと。「江嶺《こうれい》」は江西《こうせい》・湖南《こなん》地方。「聞説《きくならく》」は聞けば。中国では古来、朝廷内の勢力争いから高級官僚の流刑・左遷が横行した。いつの時代にも人事異動は人生哀歓の縮図である。

　「喬侍御《きょうじぎょ》に贈る」の作者陳子昂《ちんすごう》（六六一―七〇二）は梓州射洪《ししゅうしゃこう》（現・四川《しせん》省）の人。唐詩の草創期に詩歌革新の理論と実践に功績を残した。「漢魏《かんぎ》の風骨」の回復をめざし、初唐の退廃的・形式主義的な詩風に真正面から反対、詩歌に社会の現実を反映させることを提唱した。「感遇詩」三十八首、「薊丘覧古《けいきゅうらんこ》」七首、「登幽州台歌」など、剛健清新の風格と自然でかざらない表現にすぐれている。

豊かな家に生まれた陳子昂は、二十四歳で進士《しんし》に合格、右拾遺《うしゅうい》という天子を諫《いさ》める役職につき、契丹《きったん》に二度も出征した。戦いは唐に不利で、子昂はしばしば天子を諫めたが聞き入れられず、官を辞して郷里に帰った。しかし、県令（県知事）の讒言《ざんげん》によって投獄され、憤死したという。この詩は、唐朝を直接批判すれば身が危ういから、作者は八百年前の漢の時代の悪習として詠じた。

「漢庭」は漢の朝庭、「雲閣」は功臣記念堂、「辺功」は前線の将士の功績。「聡馬史《そうばし》」は剛直な検察官のたとえ。「白首」はしらが頭、老人のこと。

ナヤミ千年ハテモナイ

寒山《かんざん》の詩《し》から三首

百年足ラズノ人生ニ
ナヤミ千年ハテモナイ
自分ノ病《ヤマイ》ガナオッテモ
子ヤ孫ノコト気ニカカル
稲ノ育チガドウデアレ
桑ノ葉ノデキコウデアレ
死ンデシマエバソレマデヨ
万事《バンジ》休《キュウ》ストイウコトサ

人生百に満たざるに
常に千載《せんざい》の憂いを懐《いだ》く
自身病《やまい》 始めて可《い》えしに
又《また》子孫の為《ため》に愁《うれ》う
下《した》は禾根《かこん》の下《もと》を視《み》
上《うえ》は桑樹《そうじゅ》の頭《はし》を看《み》る
秤 鎚《しょうつい》東海に落つ
底に到《いた》って始めて休《や》むを知る

①
人生不滿百
常懷千載憂
自身病始可
又爲子孫愁
下視禾根下
上看桑樹頭
秤鎚落東海
到底始知休

茅《カヤ》ブキ屋根ノワガ宿ハ
訪《ト》ウ人モナキ侘《ワ》ビ住居《ズマイ》
シズカナ林ニ鳥ガキテ
魚《ウオ》スム谷間ヒラケタリ
山デ子供ト木ノ実《ミ》摘《ツ》ミ
丘ノタンボヲ妻ト鋤《ス》ク
家ニハ何モナケレドモ
寝床ニ積ンダ書《ショ》ガ少シ

茅棟《ぼうとう》は野人《やじん》の居《きょ》
門前に車馬疎《まれ》なり
林幽《しずか》に偏《ひとえ》に鳥を聚《あつ》め
谿闊《たにひろ》く本《もと》より魚《うお》を蔵《ぞう》す
山果児《さんかじ》を携《たずさ》えて摘《つ》み
皐田婦《こうでんつま》と共に鋤《す》く
家中《かちゅう》 何《なん》の有る所ぞ
唯《た》だ一牀《いっしょう》の書《しょ》有るのみ

②
茅棟野人居
門前車馬疎
林幽偏聚鳥
谿闊本藏魚
山果攜兒摘
皐田共婦鋤
家中何所有
唯有一牀書

ワシガ持ッテル一《イッ》張羅《チョウラ》
サホド品《シナ》良イ物デナク
何ノ色カトキカレテモ
ムラサキデナシ紅《アカ》デナシ
夏ハウワギニ着テアルキ
冬ハ寝ル間《マ》ノカケブトン
冬デモ夏デモコレッキリ
年ガラ年中コレッキリ

我今一襦《いまいちじゅ》あり
羅《ら》に非《あら》ず復《ま》た綺《き》にも非ず
借問《しゃもん》す何《なん》の色をか作《な》す
紅《くれない》　ならず亦紫《またむらさき》　ならず
夏天《かてん》将《も》って衫《さん》と作し
冬天《とうてん》将って被《ひ》と作す
冬夏遞互《たがい》に用い
長年只者《ちょうねんただこれ》のみ是《なり》

③
我今有一襦
非羅復非綺
借問作何色
不紅亦不紫
夏天將作衫
冬天將作被
冬夏遞互用
長年只者是

森鷗外《もりおうがい》の小説に「寒山拾得《かんざんじっとく》」がある。じつは寒山という乞食僧《こつじきそう》の正体は、鷗外が典拠とした閭《りょ》丘胤《きゅういん》という人物が書いた『寒山詩集』の序文以外にはまったく不明で、実在したかどうかも定かでないとされている。

寒山は文殊菩薩《もんじゅぼさつ》の、拾得は普賢菩薩《ふげんぼさつ》の生まれかわりといわれ、昔から画題となっている。

①の詩は、「千載《せんざい》（千年）の憂い」も死んでしまえば消滅する、死はすべてを断ち切るという意味で、極楽往生のような信仰はない。寒山は仏教・道教にかかわりを持った隠者であるが、その死生観は現代的でさえある。「秤鎚《しょうつい》」は分銅のこと。重い錘《おもり》が海の底に沈めば、それですべておしまいというのである。

②の詩の茅棟《ぼうとう》二句は陶淵明《とうえんめい》「飲酒その五」の「廬《いおり》を結んで人境《じんきょう》に在り、而《しか》も車馬の喧《かしま》しきなし」を典故《てんこ》とする。「野人《やじん》」は田舎者、田夫《でんぷ》。ここでは自らをいう。「皐田《こうでん》」はゆるやかな丘にある田んぼ。寒山が若いころ、まだ妻子と暮らしていた時代の作であろう。しかしすでに隠遁《いんとん》への思いをうかがい知ることができる。

③の「一襦《いちじゅ》」の「襦」は、本来の意味は胴着。綿を入れた暖かい短い着物であるが、たった一枚しかないので一張羅と訳した。「羅《ら》」はうすぎぬ、「綺《き》」はあやぎぬ、いずれも上等の織物。綺羅びやか、綺羅星のような形容もある。紅や紫の衣裳《いしょう》は高い地位の官吏や僧侶《そうりょ》のみに着用が許された。「逓互《たがい》」はかかわるがわるの意。

人生ソレゾレ別ノ道

人生ソレゾレ別ノ道
　会ワザルコトノナガケレバ
キミハオリオン冬ノ星
　ワレハ夏星《ナツボシ》アンタレス
コンニチ今宵《コヨイ》コノ席デ
　キミト会ウトハ夢ナルカ
共ニ語ランコノ夕べ
　美《ハ》シキアカリニ酒クミテ
思エバキミモ若カッタ
　ソウイウワシモ同ジコト
オタガイ歳《トシ》ヲトッタモノ
　霜フル髪トアイナッタ

衛八処士《えいはちしょし》に贈《おく》る　杜甫《とほ》

人生相見《あい》ざること
動《やや》もすれば参《しん》と商《しょう》の如《ごと》し
今夕《こんせき》復《ま》た何《なん》の夕べか
此《こ》の灯燭《とうしょく》の光を共にす
少壮能《よ》く幾時か
鬢髪《びんぱつ》各々《おのおの》已《すで》に蒼《そう》たり

贈衛八處士
人生不相見
動如參與商
今夕復何夕
共此燈燭光
少壯能幾時
鬢髮各已蒼

彼ハ逝《イ》ッタカアノ人モ
　友ノ半バハスデニナシ
オドロキ嘆キ胸イタミ
　肝《キモ》モツブレル思イナリ
カゾエテミレバ二十年
　思イモカケズメグリアイ
君ノヤシキニ招カレテ
　コウシテ客トナロウトハ
ムカシ別レタアノコロノ
　キミハ独《ヒト》リ身《ミ》ダッタノニ
アトカラアトカラ出テクルハ
　君ノムスコトムスメタチ

旧を訪《と》えば半ばは鬼《き》と為《な》る
驚呼《きょうこ》して中腸《ちゅうちょう》熱す
焉《いず》くんぞ知らん二十載《にじっさい》
重ねて君子の堂に上《のぼ》らんとは
昔別れしとき君未《いま》だ婚《こん》せざりしに
児《じ》女《じょ》忽《たちま》ち行《こう》を成《な》す

訪舊半爲鬼
驚呼熱中腸
焉知二十載
重上君子堂
昔別君未婚
兒女忽成行

ソレゾレミンナ行儀《ギョウギ》ヨク
　客ノワタシニアイサツシ
父ノムカシノオ友ダチ
　オジサマドコカラ見エマシタ
子ラニ囲マレガヤガヤト
　オ喋《シャベ》リイマダ終ワラヌニ
母御《ハハゴ》ニ言ワレホカノ子ハ
　酒ヤ飲ミモノ運《ハコ》ビクル
雨フル宵ノハタケカラ
　春ニラ摘《ツ》ンデ料理シテ
ホッカリ炊《タ》イタゴ飯ニハ
　モチ粟混《アワマ》ジル香《コウ》バシサ

怡然《いぜん》として父の執《とも》を敬し
我に問う何方《いずかた》より来たるやと
問答未《いま》だ已《や》むに及ばざるに
児《じ》を駆《か》りて酒漿《しゅしょう》を羅《つら》ぬ
夜雨《やう》に春韭《しゅんきゅう》を剪《き》り
新炊黄粱《しんすいこうりょう》を間《まじ》う

怡然敬父執
問我來何方
問答未及已
驅兒羅酒漿
夜雨剪春韭
新炊閒黄粱

主《アルジ》ノ君ガワシニ言ウ
　会ウノハホンニタイヘンダ
サアサコノ酒ナミナミト
　イッキニ十杯干シテクレ
十杯飲ンデモマダ酔エヌ
　思イハ深ク果テシナイ
キミノナサケガ身ニ沁《シ》ミル
　ツクヅクナガイ歳月ダ
明日ハ立ツ身ノコノワタシ
　山ヲヘダテテ別レタラ
何ガ起コルカ知レヌ世ニ
　二人埋モレテシマウノカ

主《あるじ》は称《しょう》す会面難《かいめんかた》し
一挙十觴《いっきょじっしょう》を累《かさ》ねよと
十觴も亦《ま》た酔わず
子《し》の故意《こい》の長きを感ず
明日《みょうにち》山岳を隔てなば
世事《せいじ》両《ふた》つながら茫茫《ぼうぼう》たらん

主稱會面難
一擧累十觴
十觴亦不醉
感子故意長
明日隔山嶽
世事兩茫茫

私はこの「贈衛八処士」のはじめの四行を、［初四句戯訳］と但し書きして、年賀状に使ったことがある。五言四行でわずか二十字の詩句を八十字あまりに訳したのであるから、訳文は原文の四倍強である。そのくらい、この四行の奥行きは深かったのである。漢字という表意文字の簡潔な表現がみごとに活《い》かされ、四行だけでも立派に独立した詩となっている。全部で二十四行ある。一行を七五調にして二度繰りかえしたので、計四十八行となった。

この詩の作られた時期について二説がある。すなわち、安禄山《あんろくざん》の乱（七五五）の前か後かの説で、現在では、安禄山についで反旗をひるがえした史思明《ししめい》の乱の最中（七五九）、杜甫《とほ》四十八歳の作とする説が有力だ。私にも、終わりの六行に述べられた別離の嘆きからして、安禄山の乱以前の平穏な時代とは思えない。そうだとすれば、杜甫は粛宗の怒りにふれて、華州《かしゅう》（現・陝西省《せんせいしょう》）の司戸参軍（戸籍担当官）に左遷されていた時期ということになる。

「衛八処士《えいはちしょし》」については、杜甫の友人という以外に伝わっていない。衛家の八郎さんは処士、つまり士族階級ながら官職についていない人である。長安《ちょうあん》の東、華州の地で二十年ぶりに杜甫は衛氏に巡りあい、その家に招かれて、心からのもてなしを受けた。

「参《しん》」とはオリオン座の三つ星、「商《しょう》」とはさそり座のアンタレス星のことで、参は冬の寒空に輝き、商は夏の夜空を彩る星で、同時に空にあらわれることがないので、親しい者同士が久しく会えないことのたとえとして、古くから用いられてきた。

「旧を訪《と》えば半ばは鬼《き》と為《な》る」の「鬼」は死者のことで、われわれ世代の悲しみとも相通じ、まさに「中腸」の熱する思いとはこのことであろう。

さて、衛家にはその児女が何人もいるようだが、彼の妻はいるのか、いないのか。解説書に当たっても誰もそのことにふれてはいない。しかし、酒肴《しゅこう》を調《ととの》え、黄粱《こうりょう》を炊いてくれた人は誰なのか。ここに衛氏の糟糠《そうこう》の妻の姿が浮かんでくると思うのは私のひとりよがりだろうか。中国伝統の詩は志を述べることに主眼がある。異性への情愛の表現にはきわめてシャイである。例外を除いて他人の妻について述べることはまずない。杜甫はさりげなく、「児《じ》を駆りて」以下、「春韭《しゅんきゅう》」「黄粱」までの詩句に衛氏夫人への謝意をこめたと私は思うのである。

我ガヨキ女《ヒト》ヲ　イカニセン

垓下《がいか》の歌《うた》　項羽《こうう》

天下ニ並ビナキワレヲ
トキ見放セリ騅《スイ》行カズ
ハヤコレマデヨ我ガ愛馬
我ガヨキ女《ヒト》ヲイカニセン

力は山を抜き気は世を蓋《おお》う
時に利あらず騅逝《すいゆ》かず
騅逝かざるを奈何《いかん》すべき
虞《ぐ》や虞や若《なんじ》を奈何せん

垓下歌
力抜山兮氣蓋世
時不利兮騅不逝
騅不逝兮可奈何
虞兮虞兮奈若何

何ゾワガ身ヲ永《ナガ》ラエン

返《かえ》し歌《うた》　虞《ぐ》姫《き》

漢兵《カンペイ》スデニ地ヲオオイ
楚《ソ》ノ歌声ハ四方《ヨモ》ニ満ツ
王ノ闘志モ尽キシイマ
何ゾワガ身ヲ永《ナガ》ラエン

漢兵《かんぺい》すでに地を略し
四方楚歌《そか》の声
大王意気尽く
賤妾《せんしょう》 何《なん》ぞ生に聊《やす》んぜんや

返歌
漢兵已略地
四方楚歌聲
大王意氣盡
賤妾何聊生

『史記《しき》』のハイライトは「項羽本紀《こううほんぎ》」のなかの四面楚歌《しめんそか》のくだりと、それにつづく烏江自刎《うこうじふん》の一章であろう。漢王劉邦《かんおうりゅうほう》と楚王《そおう》項羽は広武山《こうぶさん》での対峙《たいじ》一年、はじめて対等の和睦《わぼく》が成立した。劉邦には背後に豊富な糧秣《りょうまつ》基地が控えていた。項羽の軍の兵站《へいたん》基地は四百キロ以上の後方だった。

ここで劉邦方の参謀、張良《ちょうりょう》と陳平《ちんぺい》の二人は、ただちに項羽への追撃を開始すべきだと劉邦にせまる。追撃が開始された。飢えに苦しむ項羽の軍は追いつめられて、垓下《がいか》（安徽《あんき》省）の小さな城塞に籠城《ろうじょう》するに至った。そして悲劇の幕が切って落とされる。

「垓下の歌」の最大の特徴は、それが楚辞《そじ》によって詠まれていることである。各行の四字目の「兮《けい》」は語勢を強める助辞で、訓読のさいにはふつう読まれない。「楚歌」はその発音が北方語とはいちじるしく異なる。項羽は垓下を囲む敵兵の間に響きわたる楚歌を耳にしたとき、楚人の多くが敵側に降《くだ》ったと判断して、敗北感を深めた。「騅《すい》」とは葦毛《あしげ》の馬の普通名詞だが、項羽は一頭の駿《しゅん》馬《め》にとくにこの名をつけていた。「虞姫《ぐき》」（虞美人《ぐびじん》）は以前項羽が斉《せい》を攻めた軍旅の途中で得た娘だった。つねに項羽の傍らにあって、その寵愛《ちょうあい》を一身に集めた。

虞姫の返歌は、京劇「覇王別姫《はおうべっき》」のクライマックスで虞姫が剣の舞を舞いながら唱《うた》う歌である。京劇では彼女はその剣によって自害する。項羽、時に三十歳。虞美人の年齢は伝わっていない。

一方、劉邦にも「大風歌」という詩がある。

大風歌　　劉邦

大風起兮雲飛揚
威加海内兮帰故郷
安得猛士兮守四方

大風起こりて雲《くも》飛《ひ》揚《よう》す
威《い》海内《かいだい》に加わりて故郷に帰る
安《いずく》んぞ猛士《もうし》を得て四方を守らしめん

風マキアガリ雲ハトブ
海内《ヨモ》ヲ平ラゲフルサトヘ
イザ士ヲ集《ツド》エ国ヲ守ラン

「大風歌」は劉邦がすでに漢の始祖皇帝（高祖）の位についてからのもので、故郷の沛《はい》を訪れたときの作とされる。この詩は、破調でしかも三行詩という変則体である。勇壮でしかももの哀しい。項羽を破ったあとの劉邦は自然児の面影をしだいに失い、猜疑心が強くなって、つぎつぎに腹心の部下を粛清していく。その一方で新たに猛士をつのるという矛盾に彼は気づいていたかどうか。項羽と覇を争った時代の己が懐かしかったのであろう。

サア帰ルンダ フルサトへ

サア帰ルンダフルサトへ
田園ハ荒レンバカリ
　帰ラズニオレヨウカ
身過《ミス》ギ世過《ヨス》ギニ
　心ヲスリヘラシタ己ヲ
クヨクヨ嘆キ悲シンダトテ
　ハジマラヌ
スンデシマッタコトハ
　アキラメテ
コレカラ先ノコトヲ考エヨウ

帰《き》去来《きょらい》の辞《じ》　陶淵明《とうえんめい》

帰りなんいざ
田園将《まさ》に蕪《あ》れんとす胡《なん》ぞ帰らざる
既に自《みずか》ら「心」を以《もっ》て「形《からだ》」の役《しもべ》と為《な》せば
奚《なん》ぞ惆《うら》み悵《なげ》きて独り悲しまん
已往《むかし》の諫《あらた》むべからざるを悟り
来者《みらい》の追うべきを知る

歸去來兮辭
歸去來兮
田園將蕪胡不歸
既自以心爲形役
奚惆悵而獨悲
悟已往之不諫
知來者之可追

道ニ迷ウタガサシテ
遠クハ来テイナイ
今ガ本当デ
昨日マデガ間違ッテイタノダ
舟ハ波ニユラレテ
軽々ト浮キアガリ
風ハヒョウヒョウト
ワガ衣ヲヒルガエス
アトドレホドカト相客《アイキャク》ニ問ウ
明ケ方ノウス暗サガモドカシイ

寔《まこと》に途《みち》に迷うこと其《そ》れ未《いま》だ遠からず
今は是《ただ》しくして昨は非なるを覚《さと》る
舟は遥遥《ゆらゆら》として軽く颺《うきあが》り
風は飄飄《はたはた》として衣を吹く
征夫《たびびと》に問うに前路を以てし
晨光《しんこう》の熹微《かすか》なるを恨む
（岡村繁氏による）

寔迷途其未遠
覺今是而昨非
舟遙遙以輕颺
風飄飄而吹衣
問征夫以前路
恨晨光之熹微

「帰去来兮辞」の訓読のはじめは「帰りなんいざ」である。この訓《よ》み方は菅原道真《すがわらのみちざね》にはじまるとする説や、もっとさかのぼって『万葉集《まんようしゅう》』以来とする説がある。吉川幸次郎《よしかわこうじろう》氏はこれを「カエンナンイザと読むのが、日本での古くからの読みくせ」（『陶淵明伝《とうえんめいでん》』新潮文庫）といっておられる。

陶淵明は四十一歳にして「帰去来《ききょらい》の辞《じ》」を書いたが、詩で予想されたほどには短命でなく六十三歳で没した。当時としては長命のほうであろう。「陶潜伝《とうせんでん》」（『晋書《しんじょ》』）によると、彭沢《ほうたく》の県令（県知事）を退くさいに「吾《われ》、五斗米《ごとべい》の為《ため》に腰を折ること能《あた》わず」と言ったという。わずかな報酬のために上役にペコペコできるかと啖呵《たんか》を切ったというのだ。それがわざわいしてか、陶淵明はそれから二十年あまり、一度も官職につくことはなかった。

陶淵明（三六五—四二七）の故郷は江西省《こうせい》廬山《ろざん》の南西、柴桑《さいそう》という風光明媚《ふうこうめいび》な地にある。曾祖父《そうそふ》陶侃《とうかん》は東晋《とうしん》の大将軍であったが、父の代には没落して小地主となった。淵明は幼少から農業に従事したようだが、母方（孟氏《もうし》）が文人の家系で、叔父などから儒学を主とした教育を受けたようである。仕官は二十九歳のときが最初で、叔父の斡旋《あっせん》による。時代は六朝《りくちょう》の動乱期、軍閥が跋扈《ばっこ》し戦乱が絶えなかった。淵明の就職は生活の資《し》を得るための一種の出稼ぎのようなものであった。四十一歳で彭沢の県令を辞するまでにも、地方政権の文官や武官になったりやめたりを繰りかえした。「帰去来の辞」の序は、八十余日で県令をやめたさいの自分なりの言い訳を述べた文で、事実関係などについて古来論争や異説が展開されてきた。

四十四歳の年には自宅が火事で全焼、しばらく近くの南村《なんそん》に転居を余儀なくされるという目にもあった。しかし、当時すでにその名声は広く知れわたっていたから、詩風を慕って名士たちが彼のもとを訪れている。晩年の友顔延之《がんえんし》は陶家に数日逗留《とうりゅう》し二万銭を進呈したら、淵明はこれをすべて酒にあてたという。一方、生活に窮していると聞いて米肉を送ったのに断られた檀道済《だんどうさい》という地方長官もいる。

陶淵明は故郷の田園を愛し、それを支えに精神的自由を守り抜いた。最小限の物質的な裏づけをもとに隠遁《いんとん》生活を貫き通した気骨の人である。

この詩は「辞」とあるように漢詩の定型詩とは異なり、韻文で綴《つづ》られた文章である。ここでは最初の十二行しか紹介できなかったが、詩型に句分けして六十一行（三三九字）にもなり、諦念を美しく歌いあげた人生詩ともいえる古今の名文である。

そこで、これまでの戯訳のような韻律定型の詩体をやめて、現代詩風に訳してみた。

このほかに長い「序」（一九八字）がついているが、長文のため割愛せざるを得なかった。

陶淵明という人は、ビジネスマンの視点からすれば、組織人としては落第生ということになろう。何しろたった八十余日で県令の職を放り出すのだから、組織の長としての責任感はどこにも感じられない。武昌の程《てい》家に嫁いだ妹の死を辞任の口実としたが、結局、彼は武昌には行っていない。

彭沢は家から百里（約五十キロ）の近さで、しかも官田の上がりで酒が造れる。これが職選びの理由なのだから、人を食っている。「孔孟《こうもう》の徒」とはとうていいえない。老荘《ろうそう》思想が根底にあって、栄達や保身に汲々《きゅうきゅう》とする俗世間を嫌い、超俗の境地を求めたところが彼の真骨頂であろう。

マイトシ花ハ 似タレドモ

白頭《はくとう》を悲《かな》しむ翁《おきな》に代《か》わりて　劉《りゅう》 希夷《きい》

フルキミヤコノ花フブキ
散リユクハテハ誰《タ》ガ家カ
ミヤコ乙女《オトメ》ハオノガ身ヲ
散リユク花ト歎《ナゲ》キケリ
花落チ肌ハオトロエテ
ライネン誰ニアエルヤラ
松ハ切ラレテ薪《マキ》トナリ
桑ノハタケモ海トナル
古都ニハ人モ帰リコズ
風ニ吹カレテ花ハ散ル

洛陽城《らくようじょう》 東桃李《とうとうり》の花
飛び来たり飛び去って誰《た》が家にか落つ
洛陽女児顔色を惜しみ
ゆくゆく落花に逢《あ》いて長く歎息《たんそく》す
今年《こんねん》花落ちて顔色改まり
明年花開いて復《ま》た誰《たれ》か在る
已《すで》に見る松柏《しょうはく》の摧《くだ》かれて薪《たきぎ》と為《な》る
更に聞く桑田《そうでん》変じて海と成るを
古人洛城の東に復《かえ》るなく
今人《こんじん》また対す落花の風

代悲白頭翁
洛陽城東桃李花
飛來飛去落誰家
洛陽女兒惜顏色
行逢落花長歎息
今年花落顏色改
明年花開復誰在
已見松柏摧爲薪
更聞桑田變成海
古人無復洛城東
今人還對落花風

マイトシ花ハ似タレドモ
トシゴト人ハ変ワリユク
美《ハ》シキ乙女ニイザ言ワン
白髪《シラガ》アタマノオトロエテ
見ルモ哀レナコノオキナ
ムカシハコレデ美少年
名門ノ家ニ生《ア》レソダチ
花散ルナカニ舞イオドル

年年歳歳《ねんねんさいさい》花相《あい》似たり
歳歳年年人同じからず
言《げん》を寄せん全盛の紅顔子《こうがんし》
応《まさ》に憐《あわ》れむべし半死の白頭翁
この翁白頭真に憐れむべし
これ昔紅顔の美少年
公子《こうし》王孫《おうそん》芳樹の下《もと》
清歌《せいか》妙舞《みょうぶ》落花の前

年年歳歳花相似
歳歳年年人不同
寄言全盛紅顔子
應憐半死白頭翁
此翁白頭眞可憐
伊昔紅顔美少年
公子王孫芳樹下
清歌妙舞落花前

ニシキアヤナス晴レ舞台
壁画トナリテ残レドモ
長患《ナガワズラ》イニ臥《フ》シテヨリ
春ノウタゲモ夢ト消ユ
汝《ナ》ガヨキ眉《マユ》モイツノ日カ
シラガノ婆《ババ》トナリヌベシ
ムカシ栄エタコノ地サエ
日暮レニ雀《スズメ》鳴クバカリ

光禄《こうろく》の池台《ちだい》錦繡《きんしゅう》を開き
将軍の楼閣神仙《しんせん》を画《えが》く
一朝《いっちょう》病に臥《ふ》して相識《そうしき》無し
三春《さんしゅん》の行楽誰《た》が辺《へ》にか在る
宛転《えんてん》たる蛾眉《がび》能く幾時ぞ
須臾《しゅゆ》にして鶴髪《かくはつ》乱れて糸の如《ごと》し
但《た》だ看《み》る古来歌舞の地
惟《た》だ黄昏鳥雀《こうこんちょうじゃく》の悲しむ有るのみ

光祿池臺開錦繡
將軍樓閣畫神仙
一朝臥病無相識
三春行樂在誰邊
宛轉蛾眉能幾時
須臾鶴髮亂如絲
但看古來歌舞地
惟有黃昏鳥雀悲

「年年歳歳花相《あい》似たり、歳歳年年人同じからず」で名高い初唐《しょとう》の詩人劉《りゅう》希《き》夷《い》（六五一―六七九）の詩である。この詩で劉希夷が詠んだ花とは桃や李《すもも》の花である。毎年春になると開く花に不変なものを見たのではなく、咲いてはまた散ってゆく花のあわれを人生と重ねあわせたのである。「花のいのちは短くて　苦しきことのみ多かりき」と歌った林《はやし》芙美子《ふみこ》のことが思い出される。

劉希夷の妻の父は宋之問《そうしもん》という、名の通った詩人であった。ある日、劉希夷が苦心の自作「代悲白頭翁」の草稿を見せたところ、宋之問は「年年歳歳……、歳歳年年……」の二行にすっかり惚《ほ》れこみ、自分にゆずれと迫った。希夷は義父の言うことでもあり、しぶしぶ承知したが、惜しくなってまた断りに行った。宋之問は激怒して、下男に命じて希夷を土嚢《どのう》で圧殺させた。さらにこの詩全体を「有所思」と改題して自作としたので、『古文真宝前集《こぶんしんぽうぜんしゅう》』には宋之問の作として入っている。

劉希夷が義父に殺されたのは二十九歳。そのころの洛陽《らくよう》はどんな状態だったのだろうか。隋《ずい》の二代煬帝《ようだい》は都大興《だいこう》（長安《ちょうあん》）の副都として大規模な新城（新都市）を築いて多くの商工業者を誘致し、これを東都《とうと》と呼んだ。六一八年隋がほろんで唐の時代となっても、西都《せいと》（長安）が政治の中心であるのに対し東都（洛陽）は経済の都市として栄えていた。

第一行「洛陽城東」の東には、漢《かん》代の故都としての旧市街があったのである。そのさびれた故都に住む白髪の老人の嘆きとして受けとれる。

「松柏摧為薪」は、古い墓地が耕されて畑となり、墓地に植えられていた松や柏《かしわ》が切り倒されて薪《まき》となるの意である。「公子王孫《こうしおうそん》」とは、名門・良家の子弟、ここでは白頭翁自らを指す。

花咲クゴトニ人ハ老ユ

韋《い》員外家《うんがいけ》の花樹《かじゅ》の歌《うた》　岑参《しんじん》

今年《こんねん》の花は去年に似て好《よ》し
去年の人は今年に到《いた》りて老ゆ
始めて知る人は老いて花に如《し》かざるを
惜しむ可《べ》し落花君掃《はら》うこと莫《な》かれ
君が家の兄弟《けいてい》当《あた》る可《べ》からず
列卿《れっけい》　御史《ぎょし》　尚　書郎《しょうしょろう》
朝《ちょう》より回《かえ》れば花底に恒《つね》に客を会《かい》す
花は玉　缸《ぎょくこう》を撲《う》って春酒香《かん》ばし

韋員外家花樹歌
今年花似去年好
去年人到今年老
始知人老不如花
可惜落花君莫掃
君家兄弟不可當
列卿御史尙書郎
朝回花底恆會客
花撲玉缸春酒香

今年モ花ハ変ワラネド
花咲クゴトニ人ハ老ユ
老イノ哀レヲ知ルユエニ
アタラ落花ヲ掃クナカレ
君ノ兄弟ソレゾレニ
オシモオサレヌ役ドコロ
日ゴト花見ノ客ヲ呼ビ
花散ルカメノ酒ヲ酌ム

岑参《しんじん》（七一五―七七〇）は盛唐《せいとう》の詩人で、荊州《けいしゅう》江陵《こうりょう》（湖北《こほく》省）の人。劉希夷《りゅうきい》の没後六、七十年ほどたってから世に出た。名門に生まれ、進士《しんし》出身でありながら、辺境での功績を求めて従軍した。安禄山《あんろくざん》の乱のときは中央にもどり、嘉州《かしゅう》（四川《しせん》省）の刺史《しし》（知事）となった。高適《こうせき》、王翰《おうかん》、王昌齢《おうしょうれい》などと並んで辺塞《へんさい》詩人として知られる。

劉希夷のあとにこの詩をおいたのは、はじめの二行「今年花似去年好　去年人到今年老」が劉希夷の「年年歳歳花相似、歳歳年年人不同」を意識して詠んだものだからである。だが、この詩は前四行と後四行で詩風がガラリと変わる。前四行を秀作とするならば、後四行は駄作といえよう。

この詩は、朝廷に仕える「列卿《れっけい》」（高級官僚）「御史《ぎょし》」（検察官）「尚書郎《しょうしょろう》」（中央官庁の課長クラス）を一族にもつ「韋《い》」という「員外《うんがい》」（定員外の閑職）の家に招かれ、花見の宴で詠んだもの。一族が大きな邸《やしき》にいっしょに住んでいるのである。後四行は意訳するよりほかなかった。この詩は前四行が七言絶句として独立して取りあげられることが多いようだ。

「花底」は、美しく咲いている花の下、「玉缸《ぎょくこう》」は玉でつくった甕。

若キ日幾許《イクバク》ゾ 老イヲ如何《イカン》セン

アワレ秋風ヨ白キ雲ユク
草木《クサキ》ハ末枯《スガ》レ雁《カリ》ハ南ヘ帰リユク
蘭《ラン》ハ誇ラカニ菊ハカンバシク
ナツカシキ人ヲ忘レ得ズ
大船ヲ浮カベテ汾河《フンガ》ヲワタリ
流レ過《ヨ》ギレバ波シブキ立ツ
笛太鼓打チ鳴ラシ舟唄《フナウタ》ハ響ク
歓《ヨロコ》ビノ極ミノ果テニ哀《カナ》シミフカシ
若キ日幾許《イクバク》ゾ老イヲ如何《イカン》セン

秋風《しゅうふう》の辞《じ》　漢武帝《かんのぶてい》

秋風起こりて白雲飛び
草木は黄落《こうらく》して雁《かり》は南へ帰る
蘭《らん》に秀有り菊に芳有り
佳人《かじん》を懐《おも》いて忘る能《あた》わず
楼船を汎《うか》べて汾河《ふんが》を済《わた》り
中流を横ぎりて素波《そは》を揚《あ》ぐ
簫鼓《しょうこ》鳴って棹歌《とうか》は発《おこ》る
歓楽極まりて哀情多し
少壮幾時ぞ老いを奈何《いかん》せん

秋風辭
秋風起兮白雲飛
草木黄落兮雁南歸
蘭有秀兮菊有芳
懷佳人兮不能忘
汎樓船兮濟汾河
横中流兮揚素波
簫鼓鳴兮發棹歌
歡樂極兮哀情多
少壮幾時兮奈老何

漢《かん》の武帝《ぶてい》（前一五六―前八七）の有名な古詩「秋風の辞」。武帝の姓名は劉徹《りゅうてつ》、前漢第七代の皇帝である。儒学を奨励して文教を広め、南越を平らげ、朝鮮を従え、匈奴《きょうど》を漠北に追って国威を四方に輝かした、漢王朝中興の英主である。

この詩は武帝四十三歳の作。楚辞《そじ》によって詠まれ、各句の中央に語勢を強める助字の「兮《けい》」の字が入っている。

「蘭《らん》」と「菊」は君子のたとえ、ここでは次句の「佳人」を形容する。「佳人」を後宮《こうきゅう》の美女とする説もあるが、それより武帝を補佐して功績のあった旧臣の意にとりたい。「秀」は花のこと。「楼船」は大型の屋形船。「汾河《ふんが》」は山西省《さんせい》太原《たいげん》を経て黄河《こうが》にそそぐ川。「素波《そは》」は白波。「簫《しょう》」は細管を一定数束ねた縦笛。「棹歌《とうか》」は櫂歌《とうか》とも書き、舟乗りの唄《うた》。この詩は最後の二句によって古今の絶唱となった。絶頂期にあって武帝は、しのび寄る老いという万物不変の営みに己の無力を感じとるのである。

この詩境にくらべたら、藤原《ふじわらの》道長《みちなが》の「この世をばわが世とぞ思ふ望月《もちづき》のかけたることもなしと思へば」などは児戯《じぎ》に類するというべきであろう。

谷間ニ鳴クハハグレ鳥

南ノ谷ニ秋タケテ
独《ヒト》リサマヨウ真昼ドキ
風ハメグリテ木ヲ鳴ラシ
林ノ影ハザワメキヌ
心惹《ヒ》カレテココニ来テ
疲レモ忘レワケ入リヌ
谷間ニ鳴クハハグレ鳥
瀬川ノ水ニ藻《モ》ハ揺レル

南磵中《なんかんちゅう》に題す　柳宗元《りゅうそうげん》

秋気南磵《なんかん》に集まる
独り遊ぶ亭午《ていご》の時
廻風《かいふう》一《ひと》えに蕭瑟《しょうしつ》
林景《りんけい》久しく参差《しんし》たり
始めて至るに得る有るが若《ごと》く
稍《やや》深うして遂《つい》に疲れを忘る
羈《き》禽《きん》幽谷《ゆうこく》に響き
寒藻淪漪《かんそうりんい》に舞う

南磵中題
秋氣集南磵
獨遊亭午時
廻風一蕭瑟
林景久參差
始至若有得
稍深遂忘疲
羈禽響幽谷
寒藻舞淪漪

都追ワレシカナシサニ
ヒト懐《ナツ》カシミ涙スル
傷《イタ》ミヤスキハ孤独ユエ
道アヤマテバ術《スベ》モナシ
コノ空《ムナ》シサヲイカニセン
サマヨイ歩キ自得《ジトク》スル
ノチノ世ココニ来ル人ゾ
ワガ心根《ココロネ》ヲカイマ見ン

国を去って魂已《こんすで》に遠く
人を懐《おも》うて涙空《むな》しく垂《た》る
孤生感を為《な》し易《やす》く
失路宜《よろ》しき所少なし
索莫竟《さくばくつい》に何事ぞ
徘徊祇自《はいかいただみずか》ら知る
誰《たれ》か後来《こうらい》の者と為《な》り
当《まさ》に此《こ》の心と期すべき

去國魂已遠
懷人涙空垂
孤生易爲感
失路少所宜
索莫竟何事
徘徊祇自知
誰爲後來者
當與此心期

柳宗元《りゅうそうげん》（七七三―八一九）のことを思うと、彼のいたましい生涯に暗然たらざるを得ない。

唐《とう》（六一八―九〇七）は、玄宗《げんそう》皇帝が楊貴妃《ようきひ》の色香に迷って政治をおろそかにしたあげく、安禄山《あんろくざん》・史思明《ししめい》の乱（七五五―七六三）をひきおこし、以後急速に国運を傾けてゆく。その過程で貴族階級と科挙《かきょ》出身官僚と宦官《かんがん》の各グループが利害と権力にからんだ抗争に明け暮れ、その間に匈奴《きょうど》や吐蕃《とばん》などの外圧が高まっていった。

柳宗元は、二十六歳にして博学宏詞《はくがくこうし》（天子自ら作成の試験・制挙）に合格して官途につき、その前途を嘱望されたが、政治の実態に対してつねに憤りを抱いていた。永貞《えいてい》の革新（八〇五）と呼ばれる政治改革運動のさい、革新官僚の一人としてこれに参画した。しかし、時の皇帝順宗《じゅんそう》が病気で退位すると、首謀者王叔文《おうしゅくぶん》は失脚し、この運動は半年で挫折《ざせつ》した。柳宗元は、邵州《しょうしゅう》（湖南《こなん》省西部）刺史《しし》（知事）に左遷されたが、罪が軽すぎるとして、赴任直前に永州《えいしゅう》（湖南省南部）司馬《しば》（軍事補佐官）を命じられた。時に三十三歳、以後彼の官途は閉ざされ、しばしば復帰運動を試みたが徒労に終わり、十年間永州に留《とど》められたままだった。

その間、彼がもっとも力を注いだのは、古文運動とよばれる散文改革であった。なかでも華南《かなん》の山水の美とそれに投影される自己の心情を流麗簡潔につづった「永州八記《えいしゅうはっき》」は、叙景文学上の傑作として後世に伝えられた。

八一五年二月、彼は許されて長安《ちょうあん》にもどったが、首都での就職は認められず、翌三月には柳州《りゅうしゅう》（広西壮族自治区《カンシーチュワンぞくじちく》）刺史として逐《お》われた。しかしこんどは地方長官としての権限もあり、この地で没するまでの四年間、地域改革のため文教振興、迷信打破、奴婢《ぬひ》解放などにつくした。今も柳州には柳宗元を記念する柳侯祠《りゅうこうし》をはじめ、彼の余徳を偲《しの》ぶ石碑が数多く残され、大切に保存されている。

「南磵《なんかん》」は南の谷川の意だが、永州に実在する地名といわれる。「亭午《ていご》」は真昼どき。「廻風《かいふう》」はつむじ風、秋に多い。「蕭瑟《しょうしつ》」は風の吹く音の、「参差《しんし》」は高低不揃《ふぞろ》いなさまの、いずれも擬態語で、さびしさが強調されている。「羈禽《ききん》」の「羈」は住処《すみか》を離れることで、はぐれ鳥、また旅の鳥。「淪漪《りんい》」はさざなみ。「去国魂已遠」の「国」は、杜甫《とほ》の「国破れて山河在り」と同じく、国家ではなく国都、つまり都長安である。「魂已遠」は遠い異郷にさすらう嘆きの主体（魂）としての自己を意味する。「孤生」は孤独な人生のことである。「失路」とは処すべき道をあやまること、永貞革新の失敗を指す。

柳宗元は、詩人としては自然派と見なされ、王維《おうい》、孟浩然《もうこうねん》、韋応物《いおうぶつ》とならんで王孟韋柳《おうもうい りゅう》と称された。しかし、この詩にも見られるごとく、風物の描写の奥に絶望にも似た哀愁がにじんでいることをわれわれは知るのである。

再ビ会ウハイト難《カタ》シ

スダレノ外ハ雨ノオト
春モ盛リハ過ギニケリ
夜明ケノ寒サ身ニ沁《シ》ミテ
目覚メシ薄キ掛蒲団《カケブトン》
囚《トラ》ワレノ身モ忘レハテ
夢ニ自由ノ人トナリ
シバシ宴《ウタゲ》ニ酔イシレヌ

浪淘沙令《ろうとうされい》　李煜《りいく》

簾外《れんがい》に雨は潺潺《せんせん》たり
春意闌珊《らんさん》たり
羅衾《らきん》は耐えず五更《ごこう》の寒きに
夢の裏《うち》に身は是れ客《こ》なるを知らずして
一餉《いっしょう》歓《よろこ》びを貪《むさ》ぼりぬ

浪淘沙令

簾外雨潺潺
春意闌珊
羅衾不耐五更寒
夢裏不知身是客
一餉貪歡

ヒトリ手摺《テス》リニ寄ル日暮レ
見ルハ果テナキ山ト川
別レハイトモ容易《タヤス》キニ
　再ビ会ウハイト難《カタ》シ
流レル水ニ花散リテ
　春去リユキヌ去リユキヌ
天ノ彼方《カナタ》ヘ人ノ世ヲ

独り自《みずか》ら莫《くれ》に欄《らん》に憑《よ》れば
無限なり江山《こうざん》
別るる時は容易なるに見《まみ》ゆる時は難《かた》し
流水落花春去りゆきぬ
天上人間《じんかん》

獨自莫憑欄
無限江山
別時容易見時難
流水落花春去也
天上人間

「浪淘沙令《ろうとうされい》」は李煜《りいく》の「詞《ツ》」である。作者の李煜（九三七―九七八）は南唐《なんとう》（九三七―九七五）最後の君主である。九〇七年唐王朝がほろぶと、中国は分裂状態となる。いわゆる五代十国《ごだいじっこく》の時代で、半世紀以上にわたって、華北《かほく》の地では五つの王朝が興亡し、華中《かちゅう》・華南《かなん》一帯には十の地方政権が割拠した。その一つ南唐は、唐の正統後継を自任して金陵《きんりょう》（現・南京《ナンキン》）を都とし、最盛期には十国中最強の勢力を誇ったが、三代三十八年でほろんだ。

建国者李昪《りべん》（烈祖・李煜の祖父）は在位わずか六年ながら、乱世のなか戦争を極力避け、民力を養うことにつとめた。中国古今第一等と称される紙は李昪宮中所属の製紙職人に桑の樹皮を材料に作らせたもので、彼の書斎の名をとって「澄心堂紙《ちょうしんどうし》」と名づけられた。李煜の父、二代皇帝李璟《りえい》の代に後周からの侵攻を受けて敗れ、長江《ちょうこう》北岸の地をすべて割譲して屈辱的な和を媾《こう》じ、皇帝の位を退いて国主と称するに至った。これを南唐中主という。

この人も開明君主で文物を愛したが、南唐の衰退を防ぐ手立てなく、九六一年卒《しゅっ》し、李煜が位を嗣《つ》いだ（南唐後主という）。このころすでに宋が天下統一に向けて地歩を固めつつあり、南唐はこれに朝貢して命脈を保つ状態となっていた。

李煜も豪奢《ごうしゃ》な生活に明け暮れ、やがて宋のおかすところとなり、金陵は包囲され、一年余の籠《ろう》城《じょう》の末に降伏する。李煜は宋の都汴京《べんけい》（現・開封《かいほう》）に連れ去られて幽閉、翌々年七夕《たなばた》の日に没した。四十二歳。

「詞」は唐代に詠まれた楽府《がふ》の流れを汲《く》む詩型で、楽府が古代の宮廷音楽や西域の胡楽《こがく》の曲にあわせて作詩されたのに対して、「詞」はさらに幅広く民謡や通俗歌曲にもあわせた詩型となり、詞句の長さがまちまちである。元《もと》の曲は失われてその詩型だけが残った。「詞」は宋代に入ってもっとも栄えたが、李煜は「詞」の先駆者であり、その妙手であった。この詩は李煜が汴京で幽閉されている時期に作られた。

「潺潺《せんせん》」は雨の降るさま、またその音。「春意」は春の気配。「闌珊《らんさん》」は風物の衰えるさま。「羅《ら》衾《きん》」はうすぎぬの夜具。「五更《ごこう》」は夜明け方。「一餉《いっしょう》」は食事を一回とるほどの短い時間。次節の「莫憑欄」はふつう「欄《らん》に憑《よ》ること莫《な》かれ」と訓《よ》まれるが、「莫《ばく》」を名詞として日暮れと解釈している学者もある。「春去也」の「也」は文末につけて疑問・反語・感嘆の意をあらわす助字、ここでは詠嘆を強調している。「人間《じんかん》」は人の世、俗世間である。

　この「詞」の見どころは末二句の春景に寄せた感傷で、訓読しても味わい深い。虜囚《りょしゅう》李煜には、春はふたたびめぐってはこないのである。

飛《ト》ンデ行《ユ》クニモ 翼《ツバサ》ナク

秋ノ夜長ハハテモナク
北風冷タク戸ヲタタク
寝返リ打ッテ睡《ネム》ラレズ
着物ヲハオリ起キ出《イデ》テ
シバシノ間サマヨエバ
夜露ニ濡《ヌ》レヌ我ガ裳《モ》裾《スソ》
川ノ細波《サザナミ》ニ目ヲトドメ
仰ゲバ月ハ冴《サ》エワタル
西ヘナガレルアマノ川

雑詩　曹丕《そうひ》

漫漫《まんまん》と秋夜は長く
烈烈《れつれつ》と北風は涼《つめ》たし
展転《てんてん》として寝《い》ぬる能《あた》わず
衣を披《かず》き起きて彷徨《ほうこう》す
彷徨すること忽《たちま》ち已《すで》に久しく
白露《はくろ》は我が裳《もすそ》を沾《ぬ》らす
俯《ふ》して清き水《かわ》の波を視《み》
仰ぎて明月の光を観《み》る
天《あま》の漢《かわ》は西に廻《めぐ》りて流れ

雑詩
漫漫秋夜長
烈烈北風涼
展轉不能寝
披衣起彷徨
彷徨忽已久
白露沾我裳
俯視清水波
仰觀明月光
天漢廻西流

サソリ座ヒドラ縦横《ジユウオウ》ニ
チチロトカナシ草ノ虫
カリハ南ヘヒトリ翔《ト》ブ
悲シキ思イニ胸フタギ
故郷シノビテ時ハ過グ
飛ンデ行《ユ》クニモ翼ナク
河ヲワタルニ橋モナシ
夜風ニナガク息ヲツキ
ワガ中腸《ハラワタ》ハ断タレケリ

三《なかご》と五《ぬりこ》は正に縦横
草虫《そうちゅう》の鳴くこと何《なん》ぞ悲しき
孤雁《こがん》は独《ひと》り南に翔《かけ》る
鬱鬱《うつうつ》として悲しき思い多く
綿綿《めんめん》として故郷を思う
飛ばんと願えど安《いずく》んぞ翼を得んや
済《わた》らんと欲すれど河に梁《はし》無し
風に向かいて長く嘆息し
我が中腸《ちゅうちょう》は断絶せり

三五正縦横
草蟲鳴何悲
孤鴈獨南翔
鬱鬱多悲思
綿綿思故郷
願飛安得翼
欲濟河無梁
向風長嘆息
斷絶我中腸

時は後漢《ごかん》、二世紀から三世紀にかけての動乱期、「三国志」の時代である。魏《ぎ》の曹操《そうそう》は「三国志演義」で狡猾《こうかつ》非情な奸雄《かんゆう》として描かれ、以来たいへん評判が悪い。敵側の領民を大量虐殺したのをはじめ、数々の悪業が伝えられている。一方で、曹操が、乱れに乱れた天下を収拾《しゅうしゅう》し、三国鼎立《ていりつ》の時代をひらいた有能な政治家であり、すぐれた文化人であったことを忘れてはなるまい。

曹操は天性の詩人でまた学問を好んだ。戦いの最中にも書を読み、ブレーンのなかに読書人を加えた。孔融《こうゆう》・陳琳《ちんりん》・王粲《おうさん》らの文学集団は、時の年号にちなんで「建安七子《けんあんしちし》」とよばれ、詩と文章に清新の風をまきおこした。

曹操の子に曹丕《そうひ》（一八七—二二六）と曹植《そうしょく》がいた。五つちがいで、丕が兄、植が弟であった。二人は父の血を引いて詩文に長じ、建安文学を発展させるのに大きく貢献した。

だが、悲しいことに曹丕と曹植の兄弟はまことに仲が悪かった。兄弟はほかにもいたが、二人のうちのどちらかが曹操の跡を嗣《つ》ぐと目されていた。それぞれの側近の者たちも、陰に陽に権力継承のために争っていた。一時は才気煥発《さいきかんぱつ》な植を後継者にと曹操の気持ちも動いたのであるが、父の寵《ちょう》愛《あい》を恃《たの》んだ植は兄を軽んじ、また酒色の面でも放恣《ほうし》の振舞いが多く、しだいに曹操の心は丕に傾いていった。

「雑詩」は兄曹丕の作である。この詩に用いられた字句には『詩経《しきょう》』を典故《てんこ》とするものが多いが、細かい指摘は省く。ただ中央の句にある「三五」については、『詩経』の注釈書『毛詩詁訓伝《もうしこくんでん》』に〈「三は心《しん》」、すなわちさそり座のなかご星（アンタレス）、「五は噣《ちゅう》」、すなわち海蛇座のぬりこ星とする〉（吉川幸次郎《よしかわこうじろう》注『詩経《しきょう》国風《こくふう》・上』）とあるのによった。海蛇座はヒドラ座ともいう。古代人にくらべると現代の都会人は、星空の神秘的な美しさに鈍感になっているように思われる。

終句の「中腸」は、はらわた。「断腸の思い」など、のちに出現する類語のもとになったのかもしれない。

この詩は若いころの作のようで、秋夜の郷愁を感傷的に叙しているがいささか単調である。私の好みからいえば李白《りはく》の「静夜思《せいやし》」（牀《しょう》前《ぜん》月光を看《み》る、疑うらくは是れ地上の霜かと。頭《こうべ》を挙げて山月を望み、頭を低《た》れて故郷を思う）や、『百人一首《ひゃくにんいっしゅ》』の「月みれば千々にものこそかなしけれ我が身ひとつの秋にはあらねど」（『古今和歌集《こきんわかしゅう》』大江千里《おおえのちさと》）のほうに親しみをおぼえる。

曹丕は帝位についたのち『典論《てんろん》』を著わし、そのなかで「文章は経国の大業、不朽の盛事」とたたえている。曹丕の詩は約四十首残っているが、「燕歌行」は現存する最古の七言詩として知られている。

月日ハ巡《メグ》ルミズグルマ

薤露行《かいろこう》　曹植《そうしょく》

天地ハ極《キワ》ミナキモノヲ
月日ハ巡《メグ》ルミズグルマ
人ガコノ世ニアル事ハ
風ニ吹カレル塵《チリ》ニ似ル
我ニナスベキ功アラバ
良キ君ノ為《タメ》尽クサバヤ
王佐《オウサ》ノ才ヲイダキツツ
心イタメテヒトリ立ツ

天地窮極《きゅうきょく》無く
陰陽《いんよう》転じて相因《あいよ》る
人一世《いっせい》の間《かん》に居《お》ること
忽《たちま》ち風に吹かるる塵《ちり》の若《ごと》し
願わくは功勤《こうきん》を展《の》ぶるを得て
力を明君《めいくん》に輸《いた》さん
此《こ》の王佐《おうさ》の才を懐《いだ》き
慷慨《こうがい》して独り群《ぐん》ならず

薤露行
天地無窮極
陰陽轉相因
人居一世間
忽若風吹塵
願得展功勤
輸力於明君
懷此王佐才
慷慨獨不羣

「薤露行《かいろこう》」は曹植《そうしょく》作の楽府《がふ》である。原詩は十六句から成るが、前半の八句のみを紹介した。「薤露」とはニラの細い葉の上の露のことで、人の命のはかなさにたとえられる。「行」は詩の一種。この楽府は一般に挽歌《ばんか》とされているが、曹植（一九二—二三二）は短い人生における自らの抱負をここで述べた。六句目に「明君」の語が出てくるが、これは父曹操《そうそう》のことであろう。「薤露行」の終わりの四句で、彼は『詩経《しきょう》』と『書経《しょきょう》』を編纂《へんさん》した孔子《こうし》にあやかって自分も文筆をもって後世に名を残したいと願っている。

その願いどおり、曹植は、兄の曹丕《そうひ》（文帝）の迫害を受けながらも、『詩経』や『楚辞《そじ》』の伝統を受けついで、芸術性の高い多くの詩を残した。

余談ながら、夏目漱石《なつめそうせき》の短篇「薤露行」もその題名はこの楽府題によったものである。イギリスのアーサー王の王妃ギニヰアと騎士ランスロット、それに村娘エレーンをめぐる純愛悲恋の物語であるが——。

ナンデマメガラ豆ヲ煎《イ》ル

七歩詩《しちほし》　曹植《そうしょく》

豆を煮て持《もつ》て羹《あつもの》を作り
豉《し》を漉《こ》して以《もつ》て汁となす
萁《まめがら》は釜《かま》の下に在りて燃え
豆は釜の中に在りて泣く
本《もと》は是《こ》れ同根より生ぜしに
相煎《あいい》ること何《なん》ぞ太《はなは》だ急なる

豆ヲ煮込ンデアツモノツクリ
味噌《ミソ》ヲ漉《コ》シテハスープヲツクル
マメガラ釜《カマ》ノ下デ燃エ
豆ハ泣ク泣ク釜ノナカ
豆トマメガラ兄弟ナノニ
ナンデマメガラ豆ヲ煎《イ》ル

七歩詩

煮豆持作羹
漉豉以爲汁
萁在釜下燃
豆在釜中泣
本是同根生
相煎何太急

建安《けんあん》二十五年（二二〇）正月曹操《そうそう》は六十六歳で死に、曹丕《そうひ》が魏王《ぎおう》となり、さらに同年十月帝位についた。魏の文帝《ぶんてい》である。文帝は曹植《そうしょく》の側近をつぎつぎに誅殺《ちゅうさつ》し、何度となく弟の植を辺地に左遷した。文帝はあるとき、植を窮地に追いつめ、「もしお前が七歩あるく間に詩が作れたら命は助けてやろう」と言った。すると植は七歩の間に見事に詩を詠んで兄の鼻をあかし、命をとりとめた、という逸話が残っている。世にこれを「七歩詩」という。

しかし、これは判官贔屓《はんがんびいき》が生み出した後世のもので、曹植の作ではないともされる。彼は悶々《もんもん》のうちに四十一歳で没した。

曹植には「野田黄雀行《やでんこうじゃくこう》」という楽府詩《がふし》がある。かすみ網にかかったすずめを歌った詩で、曹丕によって相ついで側近を殺された曹植が、幽憤を託した作といわれる。はじめの四句を紹介しよう。

樹ガ高ケレバ風ツヨク　高樹《こうじゅ》悲風多く　高樹多悲風
海広ケレバ波タカシ　海水其の波を揚《あ》ぐ　海水揚其波
手中ニ剣ノアラザレバ　利剣《りけん》掌に在らずんば　利剣不在掌
友誼《ユウギ》ムスブモ甲斐ハナシ　友を結ぶ何ぞ多きを須《もち》いん　結友何須多

人ハワカレテ ユクモノヲ

――「サヨナラ」ダケガ人生ダ――

金ノサカズキヒトイキニ
ホシテ返シテクレタマエ
花ガヒラケバアメニカゼ
人ハワカレテユクモノヲ

[松下緑 訳]

酒を勧《すす》む　于武陵《うぶりょう》

君に勧《すす》む金屈卮《きんくつし》
満酌《まんしゃく》　辞《じ》するを須《もち》いず
花発《ひら》けば風雨多し
人生別離《べつり》足《た》る

勸酒

勸君金屈卮
滿酌不須辭
花發多風雨
人生足別離

コノサカヅキヲ受ケテクレ
ドウゾナミナミツガシテオクレ
ハナニアラシノタトヘモアルゾ
「サヨナラ」ダケガ人生ダ

［井伏鱒二 訳］

サラバ上ゲマショ此《この》盃ヲ
トクト御《お》請《う》ケヨ御辞義《ママ》無用（退）
花ノ盛リモ風雨ゴザル
人ノ別レモコノ心《ここ》ロ

［潜魚庵 訳］

平成五年七月十日、井伏鱒二さんが亡くなった。満九十五歳であった。

私は、若いころは現代詩を書き、こんにち晩年に至ってはこうして漢詩戯訳を楽しんでいる。詩に関しては私は師を持たなかった。ずっと独学、というと格好がよいが、つまり自分勝手に、気ままに書いてきたのである。

ただ、漢詩戯訳については、そもそものはじめから一冊のお手本があった。その経緯については、「しにか」という雑誌に書いた「漢詩を戯訳する―雲ハ流レテハテモナイ―」のなかで『厄除け詩集』がお手本」と述べているので、ここでは繰りかえさない。

雑誌が出たとき、私はその抜刷りを井伏さんにお送りし、あわせて「学恩に感謝申し上げます」と書いた手紙を同封した。それまで一度もお便りを差し上げたこともなく、お目にかかったこともない。もちろんご返事を期待してのことではなかった。

ところがしばらくたって、奥様から、私の手紙を受けとったこと、井伏が病気で臥せっているのであしからず、という内容の葉書をいただいた。それから半年たっての訃報である。当時の新聞や雑誌にのった井伏さんを回想する記事を読んで、私なりに井伏さんを追悼したいと思うようになった。ここに井伏さん唯一の詩集のなかの漢詩訳をめぐる解題を試みる次第である。

「サヨナラ」ダケガ人生ダの一句は、井伏さんの弟子、太宰治が愛誦して世に広まった。太宰は戦後、無頼派文学の旗手として、生の破滅をテーマに多くの作品を発表したが、朝日新聞に連載小説『グッド・バイ』を書き出してまもなく、心中して果てた。まさにサヨナラダケが彼のテーマだった。しかし、一期一会とは言っても一期一別とは言わない。人は生まれて誰と出会うか、その出会いこそがその人の生涯を決定する。サヨナラダケが人生ではない。その出会いには古今東西の書物や音楽、信仰なども含まれよう。

于武陵《うぶりよう》の詩の後の二句は「花が咲くと雨風がそれを散らしてしまうことが多いように、人は生きてゆく間に多くの別離を経験する」ということであろう。私は自分なりにこの詩を訳してみて、サヨナラダケガ人生ダという断定的な表現をいぶかしく思うようになった。

『厄除け詩集』の最初の版は、昭和十二年野田書房から出版された。二十五ページの詩集で収録された作品は七篇、自由詩だけで漢詩訳は入っていない。百五十部の限定版だった。

つぎは昭和十七年に地平社から『仲秋明月』と名を変えて出た。初版の七篇の詩に六篇の詩が加えられたほか、「田園記」「中島健蔵に」と二つの随筆が入っていて、このなかにはじめて井伏さんの漢詩訳があらわれた。

私の持っている『厄除け詩集』は、三回目として出された木馬社版(昭和二十七年刊)である。詩の数は、自由詩が二十九篇、訳詩が十七篇、九十二ページの本である。

その十七篇のなかから六篇の井伏訳を、江戸時代中期に活躍した俳人、潜魚庵《せんぎよあん》の訳とともに紹介しよう。

静夜思

【潜魚庵 訳】

子《ね》マノ内カラ月影ヲミテ
庭ニ落タル霜カトオモタ
山ノヲ《お》月ヲアヲヌキ見レバ
国ノ妻子ガ思ハルル

【井伏鱒二 訳】

ネマノウチカラフト気ガツケバ
霜カトオモフイイ月アカリ
ノキバノ月ヲミルニツケ
ザイショノコトガ気ニカカル

静かな夜の思い

牀前《しょうぜん》月光を看《み》る
疑うらくは是れ地上の霜かと
頭《こうべ》を挙げて山月を望み
頭を低《た》れて故郷を思う

靜夜思
李白

牀前看月光
疑是地上霜
擧頭望山月
低頭思故郷

【松下緑 訳】

霜カトマゴウ月アカリ
旅ノマクラヲ照ラスカナ
マドノムコウハ山ノ月
ツキヌ思イハ故郷《クニ》ノコト

昭和十年二月発表の「中島健藏に」という随筆では、井伏さんはこの詩をつぎのように訳した。

「ネドコニユクトキイイ月ガデテ　ニハハマツシロ霜カトミエタ　月ノヒカリヲミテイルト　ヒトリ妻子ニアタマガサガル」

井伏さんは推敲《すいこう》の人として知られているが、これは全文訳しなおしている。随筆のはじめのほうに「今日は正月元日だといふのに、いま拙宅で子供が肺炎で弱つてゐるところだから、(中略)この不安をまぎらすため、日ごろ愛誦してゐる漢詩の翻譯でも書いてみる」とある。それできっと井伏さんは心配のあまり「ヒトリ妻子ニアタマガサガル」としたのだろうが、これでは原詩の意味から離れすぎたと思って直されたのではあるまいか。

秋夜寄丘二十二員外

[潜魚庵 訳]

ヲ《お》コエシタウテ秋ノ夜スガラ
西ヲ東トウソムキヲレバ
凄イ林ニ松ノ実ヲ《お》チル
イト、隠者ハ子《ね》ヅニデアロウ

[井伏鱒二 訳]

ケンチコヒシヤヨサムノバンニ
アチラコチラデブンガクカタル
サビシイ庭ニマツカサオチテ
トテモオマヘハ寝ニクウゴザロ

秋夜丘《きゅう》二十二員外《うんがい》に寄す

君を懐《おも》うは秋夜に属《ぞく》し
散歩して涼天に詠ず
山空《むな》しゅうして松子《まつかさ》落ち
幽人応《まさ》に未だ眠らざるべし

秋夜寄丘二十二員外
韋應物

懷君屬秋夜
散步咏涼天
山空松子落
幽人應未眠

【松下緑 訳】
秋ノヨフケノヒトコイシサニ
サンポシナガラ歌クチズサム
山ノ小屋ニハマツカサ落チテ
オヌシヒトリデ眠ラレマイゾ

フランス文学者であり、晩年は日中文化交流に尽力した故中島健蔵氏は、若いころからの井伏さんの親友で、井伏さんは彼を「ケンチ」と呼んでいた。韋《い》応物《おうぶつ》が友人の丘丹《きゅうたん》に送った詩をそっくり自分とケンチのこととした自由闊達《かったつ》な訳しぶりが眼目である。題の「丘二十二員外」のうち、二十二とは、一族中の同世代の男子（兄弟、いとこなど）を年齢順に並べることを「排行《はいこう》」といい、丘丹はその順番が二十二番目だったのである。大家族主義の所以《ゆえん》である。員外は員外郎の略。定員外の官職につける称号で、一般に閑職や名誉職であることが多い。一族中に一人偉い人物が出ると、その引きで、ぞろぞろ身内を官職につけさせる中国伝来の慣習が生んだ官名である。

別盧秦卿

［潜魚庵　訳］

兼テヤクソクシタ事ナガラ
サモカナシヤ此夜別レダチ
シユノ酒マデノメバ
風ニ向《むこう》テ行子《ゆかね》バナラヌ

［井伏鱒二　訳］

ソレハサウダトオモウテヰルガ
コンナニ夜フケテカヘルノカ
サケノテマヘモアルダロガ
カゼガアレタトオモヘバスムゾ

別盧秦卿
司空曙

知有前期在
難分此夜中
無將故人酒
不及石尤風

盧《ろ》秦卿《しんけい》に別る

前期の在ること有るを知れども
分《わか》れ難し此の夜中
故人の酒を将《もっ》て
石尤《せきゆう》の風に及ばずとする無かれ

【松下緑 訳】

マタ会エルカラサヨナラト
気ヤスク言ウナコノ夜フケ
ムカシ馴染《ナジミ》ガ酌ムサケダ
カゼニカズケテ飲ミ明カセ

これは原詩がむずかしいから訓読だけではよく分からない。「前期」とは将来ふたたび会うこと。「故人」とは昔からの友、ここでは作者自身をいう。「石尤の風」は伝説である。尤氏の妻石氏は、夫が旅に出たきり帰らないのを心配して死んでしまう。死にさいして「自分はこの世の女のために大風となって、旅に出る男の行く手を阻んでやる」と誓ったという。以来、強い逆風を石尤風とよぶようになった。詩の意味は徹夜で別れの酒を酌もうというのである。

題袁氏別業

［潜魚庵　訳］

主《ぬし》ハドナタカシラネドモ
ニハガミタサニチヨトコシカケタ
酒ヲ買トテヲ《お》セハハイラヌ
ワシガサイフニゼニガアル

［井伏鱒二　訳］

主人ハタレト名ハ知ラネドモ
庭ガミタサニチヨトコシカケタ
サケヲ買フトテオ世話ハムヨウ
ワシガサイフニゼニガアル

袁氏《えんし》の別業《べつぎょう》に題す

主人相識《あいし》らず
偶坐するは林泉が為なり
謾《みだ》りに酒を沽《か》うを愁うるなかれ
嚢《のう》中自《おの》ずから銭《ぜに》あり

題袁氏別業
賀知章

主人不相識
偶坐爲林泉
莫謾愁沽酒
嚢中自有錢

【松下緑 訳】
コレハミゴトナオ庭デト
見知ラヌ家ニアガリコミ
ソノ上馳走ジャ恐レ入ル
酒ハ拙者ガ買イマショウ

この詩以降十首は、父君・井伏郁太氏（素老と号す）が訳したものを、井伏さんが手直しされた父子二代の訳業である。三首を紹介する。杜甫《とほ》の「飲中八仙歌」は「知章が馬に騎《の》るは船に乗るに似たり　眼《まなこ》花《くら》み井《い》に落ちて水底に眠る」ではじまる。この詩の作者賀知章《がちしょう》は愛すべき酒仙であった。見知らぬ家に上がりこんで、庭の風景を肴《さかな》に一杯やりたい気配が濃厚である。訳者もまた酒仙であったから、この訳にはいい知れぬおかしみが醸《かも》されている。題にある「別業」とは別荘のことである。

照鏡見白髪

[潜魚庵 訳]

出世ショウト思テ居《いた》ゾヤ
トカクスルマニトシヨリマシタ
ヒトリ鏡ニ向テミレバ
シワノヨツタガアハレデゴザル

[井伏鱒二 訳]

シユツセシヨウト思ウテヰタニ
ドウカウスル間ニトシバカリヨル
ヒトリカガミニウチヨリミレバ
皺ノヨツタヲアハレムバカリ
鏡に照らして白髪《はくはつ》を見る

宿昔《しゅくせき》青雲の志
蹉跎《さた》たり白髪の年
誰か知らん明鏡の裏《うち》
形影自《みずか》ら相憐れむを
照鏡見白髪
張九齢

宿昔青雲志
蹉跎白髪年
誰知明鏡裏
形影自相憐

【松下緑 訳】

ワガワカキ日ノ夢ハテテ
歳月トミニ白ミタリ
カガミニウツルワガ髪ヲ
ヒト知レズコソイトオシム

張九齢《ちょうきゅうれい》は玄宗《げんそう》皇帝のときに宰相となったが、ほどなく左遷され、その時期もっぱら文学に親しんだ。晩年は故郷の韶州《しょうしゅう》（広東省）に帰ってまもなく病死したという。宰相にまでなった人物がこんな詩を作るはずがないというので、この詩は古来、張九齢の作か否かをめぐって論争がつづいている。それにこの詩は、数人で作る聯句《れんく》のなかの絶句であったため、まぎらわしさが倍加された。しかし、心に沁みる良い詩であることに変わりはない。

春暁

【潜魚庵 訳】

春ノ子《ね》ザメニ只ウツウツト
西ヤ東ト鳥サエヅルヨ
夜ノ嵐ニ雨降リ出《いで》テ
余程散《ちら》サン夜ノ花

【井伏鱒二 訳】

ハルノネザメノウツツデ聞ケバ
トリノナクネデ目ガサメマシタ
ヨルノアラシニ雨マジリ
散ツタ木ノ花イカホドバカリ

春暁《しゅんぎょう》

春眠暁を覚えず
処処啼鳥を聞く
夜来風雨の声
花落つること知る多少

春曉
孟浩然

春眠不覺曉
處處聞啼鳥
夜來風雨聲
花落知多少

【松下緑 訳】

ネムタイ朝ノユメゴコチ
チュンチュン雀モ鳴イテイル
昨夜ヒトバン雨風アレタ
花モヨッポド散ッタロウ

中国旅行の土産に日本人がたいてい一、二本買って帰るのが漢詩の掛軸である。中国の商人も心得ていて、日本人と見ると取り出してくるのが「楓橋夜泊《ふうきようやはく》」と「偶成詩《ぐうせいし》」(少年易老学難成)、そしてこの「春暁」である。なかには三本セットで買う赤毛布《ゲット》もいる。ところで土岐善麿《ときぜんまろ》氏は「春あけぼののうす眠《ねむ》り　枕にかよふ鳥のこゑ　風まじりなる夜べの雨　花散りけんか庭もせに」とたいへん優雅に訳されたが、井伏訳は「目ガサメマシタ」とユーモラスな口調であるのが面白い。終わりの「多少」は「どのくらい」という意味である。

さて、このあと昭和三十六年に出た国文社版は「厄除け」が「厄よけ」となったが、五十二年の筑摩書房版で元に復した。筑摩版は訳詩は十七篇で変わらないが、自由詩は三十六篇に増えた。さらに平成二年には大判和綴《わと》じの限定版が牧羊社から出たが、内容は筑摩版と変わらない。

『厄除け詩集』の面白さは、自由詩も訳詩もすべてが上質のライトヴァースであることだ。軽妙《けいみょう》洒脱《しゃだつ》な表現のなかに人生の哀歓や屈託《くったく》が風雅に詠みこまれている。原詩十七首はすべて『唐詩選』の五言絶句から選ばれた。

ところが、井伏さんが亡くなって半年あまりたった平成六年二月、おどろくべき情報がもたらされた。私はこれまで、わが戯訳のお手本は井伏さんの訳詩だと言ってきた。その井伏訳には約二百年をさかのぼるルーツがあったというのである。それは大修館発行の「漢文教室」第一七七号（一九九四年二月）にのった「井伏鱒二『厄除け詩集』の訳詩について」という論文であった。

論文の筆者の土屋泰男氏は、静嘉堂《せいかどう》文庫にお勤めの中国文学研究者である。ちなみに静嘉堂文庫は、和漢の古書約二十万冊を収蔵する東洋文献の最大級の図書館である。

土屋氏はあるとき、静嘉堂文庫の蔵書の中から『唐詩選和訓』と題する写本を見つけた。それは『唐詩選』の五言絶句全七十四首を和訳したもので、原詩は省かれてその詩題と訳詩のみが書かれていた。土屋氏はその訳詩をみて『厄除け詩集』の井伏訳によく似ていると思い、これを井伏訳の原型と考えてこの論文を執筆された。以下、土屋論文の主要点を要約してお伝えする。

この写本の巻末に「京師何某トヤラン唐詩選五言絶句ノ中、子夜春歌・春暁二首、長歌ニ詠ジラレシニ習テ、残七十二首片ハシ臼挽歌ニナシヌ。其意ノ移シガタキハ、猿ニ烏帽子トモ云フナル可(シ)。芭蕉翁五世孫　石州住潜魚菴稿艸」とある。このうち、京師《けいし》(京都)何某については土屋氏が調査中。臼挽歌《うすひきうた》は俗謡の一種、菴の字は雅号のときは庵に同じなのでこの論文では「潜魚庵」となっている。

さて、潜魚庵《せんぎょあん》こと俳人中島魚坊は一七二五年(享保十年、将軍吉宗の時代)石見大田《いわみおおた》(島根県大田市)に生まれ、名を直五郎といった。俳号は剃髪《ていはつ》するまでは芙川《ふせん》、その後は魚坊といった。潜魚庵を名乗ったのは、三十八歳から五十五歳までの間で、その後出雲坂田(斐川町)の隣江庵《りんこうあん》に移り、さらに出雲今市のしのぶ庵に移って、一七九三年(寛政五年)六十九歳で没した。魚坊の父も俳人で芙三と号し、蕉門《しょうもん》の十哲《じってつ》の一人各務支考《かがみしこう》の高弟仙石盧元坊に師事した。魚坊も同門の田中五竹坊の教えを受けたので、自らを芭蕉翁の五世の孫と称した模様である。

「この時期、十八世紀後半は、いわゆる文人趣味が俗に流れて、漢文戯作なども多く作られ、漢詩を日本語の俗謡ふうに記す訳詩も流行しているのである」(土屋氏)。このような時代背景のなかで潜魚庵訳詩は生まれた。

さて、井伏訳十七首中はじめの十首は、一部手直しもあるが、ほぼ潜魚庵訳詩の引き写しである。どうしてこのような事態が生じたか。土屋論文は井伏訳の出発点にさかのぼってこの謎を解いてゆくのである。

土屋氏は先の十首が、はじめ井伏氏の随筆「田園記」(昭和八年『文学界』十月号、のちに昭和九年作品社刊随筆集『田園記』所収）にあらわれることを述べて、その随筆の一部をつぎのように紹介している。

「私は亡父の本箱のなかをかきまはして和綴ぢのノートブックをとり出し、かねがね私の愛誦してゐた漢詩が翻訳してあるのを発見した。それは誰が翻訳したのか訳者の名前は書いてないが、ノートブックにこまかい字で訳文だけが記されてゐた。きつと父が参考書から抜き書きしたのであらうと思はれる。漢籍に心得のある人には今更ら珍らしくもない翻訳であるかもしれない。私は自分の参考にもなるだらうと思ふのでここにすこしばかりそれを抜萃してその原文をも書いてみやう。かういふ慰みの翻訳は、今から三十年前ころの同好者のあひだに行はれてゐたのかも知れない」。このあとに十首の訳詩が載り、続けて「この翻訳の調子には多量の卑俗な感じが含まれてゐて、ひそかに訂正したく思はれるところもある（以下略）」となっている。

明らかに井伏氏は、この十首が父君郁太氏以外の人の手になるものと推測している。それが昭和二十七年木馬社刊の『厄除け詩集』あとがきではつぎのように変わってくるのである。

「『題袁氏別業』以下十篇は『田園記』といふ私の随筆集のなかから採つた。私の亡父が病臥中に書き残してゐた譯文を、私の好みのままに書きなほしたのである。（中略）『靜夜思』以下七篇は、單獨に私が譯した」。

たしかに後の七首の訳詩には「サヨナラ」ダケガ人生ダをはじめ井伏氏の面目躍如《めんもくやくじょ》たる独特の風格がある。

土屋論文は新聞紙上でも紹介され、話題になった。平成六年四月九日付の毎日新聞夕刊のコラムでは、文芸評論家の向井敏氏が「井伏鱒二の『厄除け詩集』に収める漢詩十七首の小唄ぶりの『訳詩』が彼の創作ではなく、安永・天明のころの俳人潜魚庵こと中島魚坊の『唐詩選和訓』を模した作であって」と書いた。向井氏は『厄除け詩集』の訳詩が、創作ではなく「模作」としたわけである。

さらに六月、雑誌「国文学・解釈と鑑賞」井伏鱒二特集号に、滋賀大学教授の寺横武夫氏の、「井伏鱒二と『臼挽歌』」という論文がのった。この論文によって、『厄除け詩集』の訳詩には、潜魚庵の『唐詩選和訓』のほかにも、『臼挽歌』という粉本《ふんぽん》のあることがわかった。

また、この『臼挽歌』は寺横氏が、岡山大学小野文庫の架蔵本『唐詩五絶臼挽歌』という写本で確認したものだが、これとは別にもう一つ、兵庫県内のさる旧家の蔵書から発見、昭和六十一年八月、「黄鐘」という俳句雑誌に発表した異本があることも明らかになった。「解釈と鑑賞」には、潜魚庵訳と井伏訳の両方が掲げられている。

向井敏氏のコラムが出たちょうど一週間後の六月十六日付毎日新聞の「余滴」欄も、この問題を取りあげ、『厄除け詩集』にトラの巻があったことを知って、「実のところガックリきた」と言いながらも、ドナルド・キーン著『日本文学の歴史』の文章をひいてつぎのように書いている。

日本の詩歌は九百年にわたって「古今集」がモデルであり、「本歌どり」の技巧にふれて、それとなく行われるこの種の引用に気づかないことは恥辱に値した。また、中国でも日本でも、まるきりの創作はむしろ品性を欠くものである、と考えられた時代もあったと知って、「少し気が楽になった」と余滴子は書くのである。

この「余滴」が出た二日後の六月十八日、向井氏は毎日新聞のコラムで、ふたたび『厄除け詩集』の訳詩模作問題を取りあげる。「……井伏訳がその用語と語法のほとんどを潜魚庵訳に負うていたことをあらためて知らされる」とした上で、「ただし、井伏鱒二が参看したのが三つの潜魚庵訳のいずれであったのかはさだかでなく、それぞれの言い回しの長所を採ったまた別の異本だったのかもしれない」としている。

そして、その証左《しょうさ》として、例えば『厄除け詩集』の十七首目の柳宗元の「登柳州峨山」の起句《きく》と承句《しょうく》「荒山秋日午／独上意悠悠」は、『唐詩選和訓』では「秋ノ山端ニ真ッ昼時ニ／独リ上レバ果ナキ思イ」と訳され、『唐詩五絶臼挽歌』では「秋の山場へ九ツ時に／独り登りてさて思いなし」と訳されている。しかし井伏訳では、両者を折衷したかのように「アキノオンタケココノツドキニ／ヒトリノボレバハテナキオモヒ」となっていると、向井氏は井伏氏に好意的だ。

さてここで、私の感想を述べると、井伏さんははじめ他人の作として紹介した十首に、誰も原典を示す人がいないので、しだいにこれは父君の訳ではなかったかと考えが変わっていったのではなかろうか。まさか没後一年足らずで、このような事実があらわれるとは思ってもおられなかったであろう。なお、講談社文芸文庫判の解説で、大岡信氏も潜魚庵稿艸について一言ふれている（「こんこん出やれ―井伏鱒二の詩について」）。

しかし、井伏訳詩がなかったら、いかに慧眼《けいがん》の土屋氏でも潜魚庵訳詩を再発見されることは不可能だったのではないか。潜魚庵の『唐詩選和訓』には五言絶句七十四首全部の訳（正確には二首は別人の訳）がおさめられているという。このさい、この本が解題をつけて新たに出版されることを期待したいものである。

恋と友情と

桃《モモ》ハイキイキ ソノ実《ミ》ハ円《ツブ》ラ

『詩経《しきょう》』 桃夭《とうよう》

桃ハノビノビ
ソノ花サカル
コノ娘《コ》嫁《トツ》ゲバ
家内繁盛

桃の夭夭《ようよう》たる
灼灼《しゃくしゃく》たる其《そ》の華《はな》
之《こ》の子《こ》于《ここ》に帰《とつ》ぐ
其《そ》の室家《しつか》に宜《よろ》しからん

桃夭
桃之夭夭
灼灼其華
之子于歸
宜其室家

桃ハイキイキ
ソノ実《ミ》ハ円《ツブ》ラ
コノ娘娶《メト》レバ
子孫繁栄

桃の夭夭たる
有蕡《またふん》たり其の実《み》
之の子于に帰ぐ
其の家室《かしつ》に宜しからん

桃之夭夭
有蕡其實
之子于歸
宜其家室

桃ハフサフサ
ソノ葉ハ茂《シゲ》ル
コノ娘貰《モラ》エバ
主人安泰

桃の夭夭たる
其の葉蓁蓁《しんしん》たり
之の子于に帰ぐ
其の家人《かじん》に宜しからん

桃之夭夭
其葉蓁蓁
之子于歸
宜其家人

『詩経《しきよう》』は中国最古の詩集である。わが国の『万葉集《まんようしゆう》』の編纂《へんさん》（奈良朝中期）より約千二百五十年の昔、孔子《こうし》（前五五一—前四七九）によって編纂されたといわれる。殷《いん》の末期から春秋《しゆんじゆう》時代の半ばまでの、各地で流行した民謡や恋歌など（風《ふう》または国風《こくふう》という）百六十篇《ぺん》、宮廷の宴会や式典に奏せられた歌（小雅《しようが》と大雅《たいが》）百五篇、宗廟《そうびよう》で舞踊とともに献ぜられた歌（頌《しよう》）四十篇、合計三百五篇がおさめられている。

孔子は『詩経』について「詩三百、一言以《いちげんもつ》て之《これ》を蔽《おお》う、曰《い》わく思邪《おもいよこしま》無し」と説いた（『論語《ろんご》』「為政篇《いせいへん》」）。その一方で「鄭声《ていせい》は淫《いん》」（『論語』「衛霊公篇《えいれいこうへん》」）とも言っている。鄭風の自由恋愛の歌に顔をしかめたのであろう。

しかし、『詩経』にある恋歌のなんと可憐《かれん》素朴なことよ。とても淫《みだ》らなどとはいえない。そんな目で見たら『万葉集』などは淫の最《さい》たるものになってしまう。万葉に限らず和歌には恋（相聞《そうもん》）の歌が多い。

「桃夭《とうよう》」は周南の祝婚歌である。「夭夭《ようよう》」は若く美しいさま、「灼灼《しやくしやく》」は花が盛んに咲くさま、「蕡《ふん》」は木の実《み》のふくらむさま、「蓁蓁《しんしん》」は葉の茂りあうさまをいう。古来中国では、桃には厄《やく》を封ずる霊的な力があるとされ、祝い事には桃をかたどった絵や菓子などを供える風習がある。「室家《しつか》」と「家室《かしつ》」と「家人《かじん》」は一家族の意味を言いかえた用法だが、やや意味を広げて戯訳してみた。また「帰」にはとつぐという訓《よ》み方があり、「于」はここにと訓むほか、この詩ではゆきと訓む人もある。

碧玉《ヘキギョク》十六　花《ハナ》ナラツボミ

情人碧玉《じょうじんへきぎょく》の歌《うた》　孫綽《そんしゃく》

碧玉《ヘキギョク》十六花ナラツボミ
君ノ情《ナサ》ケノヒタムキナレバ
熱キ思イニ羞《ハ》ジライ捨テテ
君ガカイナニ抱《イダ》カルル

碧玉破瓜《はか》の時
郎為《ろうため》に情顛倒《じょうてんとう》す
郎に感じて羞難《しゅうなん》せず
身を廻《めぐ》らして郎に就きて抱《いだ》かる

情人碧玉歌
碧玉破瓜時
郎爲情顛倒
感郎不羞難
迴身就郎抱

魏《ぎ》・晋《しん》・南北朝《なんぼくちょう》と呼ばれる国家分裂の時代、南朝の一つに梁《りょう》（五〇二―五五七）があった。都は建康《けんこう》（現・南京《ナンキン》）にあり、文物の栄えた王朝である。建国者武帝《ぶてい》の長男蕭統《しょうとう》は春秋戦国《しゅんじゅうせんごく》時代から梁に至る千年間の正統文学の代表作を集めて、三十九種の文体に分類し、『文選《もんぜん》』を作った。以後、読書人必読の教養書となり、わが国には平安時代に渡来して大きな影響を与えた。

二代皇帝を嗣《つ》いだ弟の蕭綱《しょうこう》（簡文帝《かんぶんてい》）は、皇太子時代多くの詩人を集めて新体の詩を競詠させた。その多くが女性をテーマとし、「宮体詩」あるいは「艶体《えんたい》」とよばれた。

蕭綱はまた文人徐陵《じょりょう》に命じて、宮体詩中の佳品を選び、恋愛詩の詞華集《アンソロジー》十巻を編纂《へんさん》した。『玉《ぎょく》台新詠集《だいしんえいしゅう》』という。「玉台」とは美人の住居、「新詠」とは宮体詩を指す。

恋愛相聞《そうもん》の詩は『詩経《しきょう》』のなかにも相当数おさめられているが、『玉台新詠集』のように全巻恋愛詩という詞華集は、ほかに例を見ない。そのなかから孫綽《そんしゃく》（三〇〇頃―三八五頃）の一首を選んだ。

孫綽は東晋《とうしん》初期の文人官僚。「情人《じょうじん》」とは妻以外に情を通じている相手。「碧玉《へきぎょく》」は晋の汝南王《じょなんおう》の寵妾《ちょうしょう》となった女性で貧家（小家）の出という。

「破瓜《はか》」とは、瓜《うり》の字を縦に二分すると二個の八の字になることから、女子の十六歳、また男子の六十四歳を称していう。破瓜にはある隠喩《いんゆ》がこめられている。「情顛倒」とは狂おしいほどの情熱をいう。「羞難」ははじらいはばかること。

ユウベノママノミダレ髪《ガミ》

ユウベノママノミダレ髪
肩ニカカルヲ結《ユ》イモセズ
アナタノ膝《ヒザ》ニシナダレテ
「アタシ可愛《カワイ》イ女デショ」

子夜歌《しやか》二首

宿昔《しゅくせき》頭《かみ》を梳《くしけず》らず
糸《し》髪《はつ》両肩《りょうけん》に披《ひら》く
郎《ろう》が膝上《しつじょう》に婉伸《えんしん》して
「何《いず》れの処《ところ》か可憐《かれん》ならざる」

女ごころ（佐藤春夫訳）
むかし思へばおどろ髪
油もつけず梳《す》きもせず
ひとたび君に凭《よ》り伏して
わが身いとしやここかしこ

宿昔不梳頭
絲髪披兩肩
婉伸郎膝上
何處不可憐

香《コウ》ガコノ身ヲヒキタテテ
マンザラデナク見エタノネ
神サマアリガト　願イゴト
叶《カナ》ッテアナタニ逢《ア》エマシタ

芳《ほう》は是《こ》れ香《こう》の為《な》す所
治容《やよう》は敢《あえ》て当《あた》らず
天は人の願いを奪わず
故に儂《われ》を使《し》て郎に見《まみ》えしむ

むつごと
紅《べに》おしろいのにほふのみ
色も香もなきわれながら
願ひ見すてぬ神ありて
わが身を君に逢《あ》はせつる

芳是香所爲
治容不敢當
天不奪人願
故使儂見郎

私が漢詩の戯訳をはじめたころ、何人かの方が佐藤春夫《さとうはるお》に『車塵集《しゃじんしゅう》』『玉笛譜《ぎょくてきふ》』という漢詩訳集があることを教えて下さった。佐藤春夫の詩は「秋刀魚《さんま》の歌」や「望郷五月歌《さつきうた》」のように全部暗誦《あんしょう》できた詩もあるくらい好きだった。岩波文庫の『春夫詩抄』には『車塵集』が全篇《ぜんぺん》採録されている。

『車塵集』は昭和四年（一九二九）九月に刊行されたが、正式には『支那歴朝名媛《めいえん》詩抄　車塵集』という。上の八字は副題で本題よりも小さく組まれている。そして、〈芥川龍之介《あくたがわりゅうのすけ》がよき霊に捧《ささ》ぐ〉という献辞がつづく。芥川は昭和二年七月二十四日自殺している。三十六歳だった。佐藤春夫とは同年の友だったのである。

その無常感からか、彼は「美人香骨化作車塵」（美人の香骨も化しては車塵と作《な》る）という古詩にもとづいてこの詩集を『車塵集』と名づけた。副題に「歴朝名媛」とあるように、後漢《ごかん》から明《みん》の時代（三世紀―十六世紀）の間の女流詩人三十二人の作品四十八首を選んで訳したものである。貴婦人もいれば妓女《ぎじょ》もいる。このうち、〈子夜《しや》〉と称される女性の詩だけが七首という異例の多さで選ばれている。そのなかの二首を取りあげた。

中国の四世紀に、「呉歌《ごか》」と呼ばれる民謡が江南《こうなん》地方に流行したが、「子夜歌」もその一種である。子夜という歌妓がうたう歌は、哀切きわまりない節回しで、一世を風靡《ふうび》したと伝えられる。すべて恋の歌である。この五言四行の詩型が唐《とう》代に入り、五言絶句へと進化してゆくのである。

「子夜歌」には本来題がない。『車塵集』に出てくる原詩の多くもまた題はついていないのだが、佐藤春夫は独自の詩題をそれぞれにつけている。そこに詩人の好尚《こうしょう》を読みとることができよう。

「女ごころ」は、訳していて顔が赤らむほど濃艶《のうえん》な詩である。佐藤訳がわりに品よく整っているのは、「宿昔《しゅくせき》」をむかしと訳したことによる。しかし「宿昔」は宿夕《しゅくせき》に通じ、昨夜一晩のこととなる。「婉伸《えんしん》」は身体を曲げたり伸ばしたりすること、「郎《ろう》」とは若い夫あるいは愛人への女の側からの呼びかけの語である。『中国名詩選　中』(岩波文庫)の松枝茂夫《まつえだしげお》訳によれば「昨夜のまま櫛《くし》けずらぬ寝乱れ髪を両肩にふりかぶり、あなたの膝《ひざ》の上で体をくねらせながら、『ねえ、可愛《かわい》いでしょ、あたしのどこもかしこも』」とある。

「むつごと」の「芳《ほう》」はかぐわしいこと。「冶容《やよう》」はなまめかしい姿である。終行の「儂《われ》」は江南地方の方言で、われ、わたし、おれなどの第一人称として男女ともに用いる。佐藤訳ではこの詩に「むつごと」という題をつけたが、むしろ「出会い」といったほうがふさわしい、可憐《かれん》さが感じられる佳品ではなかろうか。

ワタシノココロハ モノグルイ

子夜《しや》春歌《しゆんか》　郭震《かくしん》

ミチノヤナギハナヨナヨト
カゼニウカレテイルワイナ
アナタノキモチガワカラナイ
ワタシノココロハモノグルイ

陌頭楊柳《はくとうようりゆう》の枝
已《すで》に春風に吹かれたり
妾《しよう》が心正に断絶するも
君が懐《おも》いは那《いか》んぞ知るを得ん

子夜春歌
陌頭楊柳枝
已被春風吹
妾心正斷絕
君懷那得知

「子夜歌《しやか》」は、東晋《とうしん》以来の南朝《なんちょう》の首都建康《けんこう》（現・南京《ナンキン》）を中心とする呉《ご》地方（江蘇省《こうそ》一帯）に流行した民謡の一種だが、後世の詩人も四季おりおりに子夜の歌曲にあわせて詩を作った。ほとんどが恋の歌である。作者の郭震《かくしん》（六五六―七一三）には「子夜四時歌」六首（春・秋・冬それぞれ二首）があり、これはその春の歌の一つ。

郭震は初唐《しょとう》の詩人。魏州《ぎしゅう》貴郷《ききょう》（現・河北省《かほく》大名《たいめい》）に生まれ、十七歳のとき進士《しんし》に及第する。則《そく》天武后《てんぶこう》にその文才と任侠《にんきょう》的性情を認められ、武官にとり立てられた。のちに涼州《りょうしゅう》都督《ととく》から同中書門下《ちゅうしょもんか》三品（宰相《さいしょう》）にまで進んだ。

郭震の「子夜春歌《しやしゅんか》」は、わが国では江戸時代の詩人たちの心をひきつけ、いくつもの意訳がされている。その一つ、服部南郭《はっとりなんかく》の訳を紹介しよう。

道のほとりの青柳《あおやぎ》を
あれ春風の吹きわたる
わしの心のやるせのなさを
思うあたりに知らせたや

戦地《センチ》ハサゾヤ寒《サム》カラン

子夜呉歌《しやごか》　李白《りはく》

京ノ夜ハフケ月冴《サ》エテ
ノキバ軒端ニキヌタノ音《ネ》
木枯シ街ヲ吹キヤマズ
戦地ハサゾヤ寒カラン
敵ヲ平《タイ》ラゲワガ背子《セコ》ノ
帰リキタルハイツノ日カ

長安《ちようあん》一片の月
万戸《ばんこ》衣《ころも》を擣《う》つの声
秋風吹いて尽きず
総《すべ》て是《こ》れ玉関《ぎよくかん》の情《じよう》
何《いず》れの日か胡虜《こりよ》を平らげて
良人《りようじん》遠征を罷《や》むるは

子夜呉歌
長安一片月
萬戸擣衣聲
秋風吹不盡
總是玉關情
何日平胡虜
良人罷遠征

李白《りはく》の「子夜呉歌《しやごか》」は楽府題《がふだい》で春夏秋冬の連作四首から成るが、秋にあたるその三がもっとも人口に膾炙《かいしや》していて『唐詩選《とうしせん》』にも入っている。駒田信二《こまだしんじ》氏は〈「長安一片月」という広大な叙景は、訳詩ではとても出し得ない〉といった。この「秋の歌」は、出征した兵士の妻に代わってその嘆きを詠んだ詩だが、私はあえて、長安《ちようあん》を京都におきかえ、夫を戦地に送った妻の嘆きの歌として訳してみた。

「一片月」は、三日月でも半月でもない。いちめんの月の光をいう。「擣衣」は、洗濯した着物を砧《きぬた》で打ってやわらかくするのである。「玉関《ぎよくかん》」は玉門関《ぎよくもんかん》。「胡虜」は北方または西方の異民族、虜は蔑称。「良人《りようじん》」は、妻が夫をよぶ呼びかた。

「秋」につづく「冬の歌」でも李白は、辺境の臨洮《りんちよう》(現・甘粛省《かんしゆく》)で戦う夫に、あたたかい綿入れの軍服を縫い、飛脚に託して送る妻の心情を詠んでいる。

明朝駅使《えきし》発せん、一夜征袍《せいほう》に絮《じよ》す、素手《そしゆ》針を抽《ひ》けば冷やかなり、那《なん》ぞ堪えん剪刀《せんとう》を把《と》るに、裁《さい》縫《ほう》して遠道《えんどう》に寄す、幾《いず》れの日にか臨洮に至らん

「征袍」は軍服、「絮す」は衣服に綿を入れる意。「剪刀」は、はさみ。

機《ハタ》織《オ》ル女ノシノビ泣キ

烏夜啼《うやてい》　李白《りはく》

タソガレノ雲町ハズレ
枝ニ帰ッテカラス啼《ナ》ク
機《ハタ》織ル女ノシノビ泣キ
窓辺ニセマル夕暮レニ
夫《ツマ》ヲ思エバ杼《ヒ》モ止マリ
アフレル涙フキアエズ

黄雲《こううん》城辺烏《からす》棲まんと欲す
帰り飛んでは啞啞《ああ》として枝上《しじょう》に啼く
機中《きちゅう》に錦を織る秦川《しんせん》の女
碧紗《へきさ》は煙の如く窓を隔《へだ》てて語る
梭《さ》を停《とど》めては悵然《ちょうぜん》として遠人を憶い
独《ひと》り孤房に宿りては涙雨の如し

烏夜啼
黄雲城邊烏欲棲
歸飛啞啞枝上啼
機中織錦秦川女
碧紗如煙隔窗語
停梭悵然憶遠人
獨宿孤房涙如雨

「烏夜啼」は、もともと「楽府《がふ》」の題で、南北朝のころ、宋《そう》の臨川王劉義慶《りんせんおうりゅうぎけい》が、彭城《ほうじょう》王劉義康との関係を文帝に怪しまれ、自宅に謹慎させられていたとき、夜、烏が啼《な》くのを聞いた側室の女性が「明日はきっとお赦《ゆる》しが出るでしょう」と予言した。予言はあたり、義慶は、まもなく南兗《えん》州（江蘇《こうそ》省鎮江）の刺史《しし》となったので、この歌を作った、とされる。

「黄雲《こううん》」は黄色い夕靄《ゆうもや》。「唖唖」は烏の啼き声。「機中織錦秦川女」は『晋書《しんじょ》』巻九十六「列女伝」に見える蘇若蘭《そじゃくらん》（名は蕙）の故事にもとづく。彼女は、夫の竇滔《とうとう》が西域の砂漠地方に流されたとき、機織《はたお》りで錦を織り、八百四十字から成る「回文旋図の詩」（上から読んでも下から読んでも意味の通じる詩）を作って夫に送った、とされる。「秦川《しんせん》」は長安地方。彼女が長安西方の興平《こうへい》の出身であり、夫がもと秦州の刺史だったため、留守宅を守る彼女を「秦川女」といった。「碧紗《へきしゃ》」は、あおい紗《うすぎぬ》のカーテン。「悵然」は悲しみ痛むさま。「孤房」は孤独な部屋、夫のいない部屋。

鞦韆《ブランコ》ヒッソリ 夜ノ庭

春の夜　蘇軾《そしょく》

コガネニ喩《タト》ウ春ノ宵
花ノ香《カ》匂《ニオ》ウオボロ月
宴《ウタゲ》ノ笛ノ音《ネ》モトオク
鞦韆《ブランコ》ヒッソリ夜ノ庭

春宵《しゅんしょう》一刻直《あたい》千金
花に清香《せいこう》あり月に陰《かげ》あり
歌管《かかん》楼台声細細《こえさいさい》
鞦韆《しゅうせん》院落《いんらく》夜《よる》沈沈《ちんちん》

春夜
春宵一刻直千金
花有清香月有陰
歌管樓臺聲細細
鞦韆院落夜沈沈

蘇軾《そしょく》（一〇三六―一一〇一）は北宋《ほくそう》の詩人。号は東坡《とうば》。弟に轍《てつ》がいた。嘉祐《かゆう》年間にともに進士《しんし》に合格。王安石《おうあんせき》の新法党（改革派）に反対して投獄され、黄州《こうしゅう》（長江中流北岸《ちょうこう》）に流された。のち、許されて帰る途中、常州《じょうしゅう》で没した。宋代第一の文豪で、唐宋八大家《とうそうはったいか》の一人。

「春夜」は、あまりにも有名な蘇軾（蘇東坡）の七言絶句。漢詩を一度も読んだことのない人でも、この詩の第一句「春宵一刻直《あたい》千金」は耳にしたことがあるのではなかろうか。

「歌管《かかん》」は、歌と楽器。「声細細《こえさいさい》」は、あたりがひっそり静まりかえっている様子。「鞦韆《しゅうせん》」はぶらんこ。「院落《いんらく》」は屋敷の中庭。「夜沈沈《よるちんちん》」は、夜がしんしんとふけていく様子をいう。

明治・大正・昭和を通じてローマ字表記論者で、歌人としても知られる土岐善麿《ときぜんまろ》氏には、『鶯《うぐいす》の卵』という漢詩和訳詩集がある。そのなかで蘇軾の「春夜」をつぎのように訳している。

ひととき惜《お》しき　春《はる》の宵《よい》や
月《つき》に陰《かげ》あり　香《かお》るは花《はな》
たかどのかすかに　もる歌笛《うたぶえ》
ふらここ垂《た》れて　夜《よ》はふけたり

花ガ咲イテモ　ヒトリボチ

春望《しゅんぼう》二首　薛濤《せっとう》

花ガ咲イテモヒトリボチ
花ガ散ッテモヒトリボチ
貴方《アナタ》ハドコデ見テイルノ
花咲クトキモ散ルトキモ

花開くとも相賞《あいしょう》せず
花落つるとも同《とも》に悲しまず
問わんと欲す相思《あいおも》う処
花開き花落つるの時

春の歌（那珂秀穂訳）
花咲きてうれしかるとも
花散りてかなしかるとも
いかがせむ　君はいづくに
ながむるや　咲きて散る花

春望　其一
花開不相賞
花落不同悲
欲問相思處
花開花落時

レンゲデ編《ア》ミシ首カザリ
ワガ良キヒトニ贈ラバヤ
春ノウレイハ果テモナク
ハルツゲ鳥ノコエカナシ

檻草同心《かんそうどうしん》を結び
将《まさ》に以《もっ》て知音《ちいん》に遺《おく》らんとす
春愁正に断絶し
春鳥復《ま》た哀吟す

春の歌　その二

垣根ぐさ誓《うけ》ひ結びて
なつかしき人にしめさむ
春なればいよよ切なく
春鳥の啼く音《ね》かなしも

春望　其二

檻草結同心
將以遺知音
春愁正斷絶
春鳥復哀吟

札幌に住む義弟を介《かい》して、進藤盛夫さんという方から一冊の詩書をご恵与いただいた。那珂秀穂《なかひでほ》訳『支那歴朝閨秀《けいしゅう》詩集』という帙《ちつ》入りの袖珍本《しゅうちんぼん》である。昭和二十二年（一九四七）六月二十日発行とあるから、終戦後二年足らずで世に出ている。当時の本や雑誌はほとんど粗末な仙花紙《せんかし》に刷られていたものだが、この本は和紙に刷られ、三百五十ページのなかなか凝《こ》った造りとなっている。定価百円、限定一千五百部とあって、いただいた本にはナンバリングで８７９と押してある。

発行所は神田駿河台《かんだするがだい》二ノ一〇地平社（田中秀雄）、印刷は神田神保町《じんぼうちょう》三ノ二五對島好文とある。「出版年鑑」で調べたら、地平社は昭和二十八年までは出版社名簿の欄にのっているが、その後は見当たらない。

この『支那歴朝閨秀詩集』の定価百円は、当時でも相当な高値であったようだが、那珂氏はこの本を私家版として「平素疎遠のかぎりを盡してゐる知音」に贈ると述べている。

那珂秀穂氏とは如何《いか》なる人物か？　文学辞典や人名録などいろいろ調べたが分からない。本書のまえがきに、「思へば、佐藤春夫氏の名譯がついてゐる薛濤《せっとう》の詩に始めて接したのは中學のなかばであつたらう。爾來幾星霜、かへりみすれば、少年の日の夢ことごとく潰《つい》え去つて極目蕭條《きょくもくしょうじょう》たる私の胸裡に、いつでも、あのほのかな夢を再び抱かしめてくれるのは、支那女流詩人のここだくの詩篇である。（中略）これらの譯詩がとにかくも一應かたちを整へ得たのは、全く西川寧先生の御助言と御教示によるものであつて、感謝の言葉もない」とある。

西川寧《にしかわやすし》氏は、昭和六十年文化勲章を受章された高名な書家（元慶応大学教授・平成元年没）である。那珂氏はこれらの詩篇《しへん》を太平洋戦争のさなか数年かけて訳されたようで、あの異常な時代、優美な抒情《じょじょう》世界に心を寄せたというだけでも只者《ただもの》でない。この詩集をお贈り下さった進藤さんにかさねてお礼申しあげる。

那珂氏は、薛濤の詩を十四首訳している。先にも紹介したように、氏は薛濤の佐藤訳に触発されて中国女流詩人の詩を訳すようになったのである。

中唐《ちゅうとう》の女流詩人薛濤は、七六八年、長安《ちょうあん》の役人の家に生まれた。幼くして父の任地成都《せいと》に移ったが、父が早く死に、以後母と二人で貧しい少女時代を過ごした。長じて生活のため妓女《ぎじょ》となった。美貌《びぼう》のうえ才気《さいき》煥発《かんぱつ》だったので、時の地方長官韋皐《いこう》に見出《みいだ》され、二十一年にわたって賓妓《ひんぎ》として遇された。長年、多くの文人と交流し、宴に列しては詩の献酬をした。劉禹錫《りゅううしゃく》、白居易《はくきょい》、元稹《げんしん》、杜牧《とぼく》らの名が残っているから並大抵の芸妓ではなかったのである。晩年は自ら考案した深紅の詩箋《しせん》「薛濤箋」を売って暮らしたという。成都にはこの紙を漉《す》いたという「薛濤井」が今も残っている。没年は八三一年（六十四歳）とも八四二年（七十五歳）ともいわれている。

那珂氏の訳には、あの大戦下、夫や恋人を戦場に送った女性たちの悲しみとつらさが、この詩集全体の基調となっているように思われる。

ウツクシキ女《ヒト》 今イズコ

都《と》城《じょう》の南《みなみ》の荘《そう》に題《だい》す　崔護《さいご》

去年ノ此《コ》ノ日コノ庭デ
桃花《トウカ》ニマゴウ女《ヒト》ヲ見タ
ウツクシキ女《ヒト》今イズコ
春風《カゼ》ニ笑ウハ花バカリ

去年の今日《こんにち》此の門の中《うち》
人面《じんめん》と桃花《とうか》相映《あいえい》じて紅《くれない》なりき
人面知らず何処《いずく》にか去る
桃花旧に依《よ》りて春風に笑う

題都城南荘
去年今日此門中
人面桃花相映紅
人面不知何處去
桃花依舊笑春風

崔護《さいご》は唐《とう》代の人で、博陵《はくりよう》（現・河北《かほく》省定《てい》県）に生まれ育ったが、生没年は不詳。この「都城《とじよう》の南の荘《そう》に題す」という一篇《ぺん》の詩によって後世に名を残した。「都城」とは博陵の町を指す。「荘」とは下屋敷《しもやしき》、別宅などの意味だが、この詩では郊外にある屋敷というふうにみておこう。

崔護はある年科挙《かきよ》に落第してしまった。彼は鬱々《うつうつ》として町を歩きまわり、いつか博陵の南の郊外に来ていた。喉《のど》がかわいた彼は、とある屋敷の庭の満開の桃の花の下にいた一人の可憐《かれん》な少女に水を所望した。少女はすぐに一碗《わん》の水を持ってきてくれた。喉をうるおすと彼は礼を言ってその場を立ち去った。その日は清明《せいめい》の日（太陽暦で四月五日ころ）で先祖の墓参りの日であった。

一年がたってまた清明の日が巡ってきた。崔護は少女のことを思い出し、その屋敷を訪ねたが、門は閉じていて中をうかがう術《すべ》もなかった。彼は筆を取り出し門の扉に右の詩を書き残して去った。しかし、どうも少女のことが気になったので、数日後また行ってみた。すると人だかりがしていて彼が詩を書いた扉をかこんでいる。聞いてみると、あの少女は彼の詩を読むとはげしく泣いて、それっきり食事をとらなくなり、さきほど息を引きとったという。少女はこの一年間ずっと男のことを思いつめていたのだという。おどろいた崔護は家人にみちびかれて少女の寝室に入ると「お嬢さん、私ですよ」と叫んだ。すると死んだはずの少女が目を開き、蘇《よみがえ》ったというのである。

二人はめでたく結婚した。崔護はやがて科挙に合格して、のち嶺南《れいなん》（広東省《カントン》）の節度使《せつどし》（地方長官）となり、夫婦末長く幸せに暮らしたという。以来、桃の花のような美貌《びぼう》を「人面桃花《じんめんとうか》」というようになり、この物語は劇化されて詩とともに後世に伝えられた。

春《ハル》キタレドモ　綿吹《フ》カズ
——別レシ妻ヘノ挽歌——

沈園《しんえん》二首ほか二首　陸游《りくゆう》

城壁染メテ陽《ヒ》ハ沈ミ
角笛《ツノブエ》ヒビクカナシサヨ
沈園《シンエン》スデニ過ギシ日ノ
庭ノスガタヲトドメ得ズ
思イ出橋ニ春ノ水
ミドリノ波ヲ寄セカエス
カノ白鳥《シラトリ》トカノ人ノ
姿ウツセシ場所ニアラズヤ

城上の斜陽画角《がかく》哀《かな》し
沈園《しんえん》復《ま》た旧の池台《ちだい》に非《あら》ず
心は傷む橋下の春《しゅん》波緑なりき
曾《かつ》て是《こ》れ驚鴻《きょうこう》の影を照らし来たるを

沈園　其一
城上斜陽畫角哀
沈園非復舊池臺
傷心橋下春波綠
曾是驚鴻照影來

カノ人ノ香《カ》モソノ夢モ
四十年ニシテ消エ失《ウ》セヌ
沈園ノ柳老イタリナ
春キタレドモ綿吹カズ
ワガ亡キアトノ墓所《ハカドコロ》
会稽山《カイケイザン》ニサダマレド
思イ出ノ跡オトズレテ
シバシ涙ニクレニケリ

夢断《た》え香り消えて四十年
沈園の柳は老いて綿を吹かず
此の身行《ゆ》くゆく稽山《けいざん》の土と作《な》るとも
猶《なお》遺《い》蹤《しょう》を弔《とむら》って一《ひと》たび泫然《げんぜん》たり

沈園　其二
夢斷香消四十年
沈園柳老不吹綿
此身行作稽山土
猶弔遺蹤一泫然

街ノ南ニ路《ミチ》ハノビ
コノサキ行クヲ怕《オソ》レタリ
沈家《シンケ》ノ庭ニ入リタレバ
夢ノウツツニナミダワク
梅ノ花咲キワガ袖《ソデ》ハ
馨《カグワ》シキ香《カ》ニツツマレヌ
水《ミズ》草《クサ》ヒタス寺ノ橋
春ノ流レニタユトウテ

十二月二日夜、
夢に沈氏《しんし》の園亭に遊ぶ
路《みち》は城南に近づきて已《すで》に行くを怕《おそ》る
沈家の園裏更に情《じょう》を傷ましむ
香《こう》は客袖《かくしゅう》を穿《うが》ちて梅花在り
緑は寺橋を蘸《ひた》して春水生ず

十二月二日夜
夢遊沈氏園亭
路近城南已怕行
沈家園裏更傷情
香穿客袖梅花在
綠蘸寺橋春水生

沈家《シンケ》ノ庭ニ綾《アヤ》ナス花ノ
半《ナカ》バハワレヲ識《シ》リヌベシ
美人モツイニ土トハナレド
夢サエハカナクナルガ悲シモ

春遊
沈《しん》家の園裏花錦《にしき》の如《ごと》し
半《なか》ばは是《こ》れ当年の放翁《ほうおう》を識《し》らん
也《また》信ず美人も終《つい》には土と作《な》るを
幽夢《ゆうむ》の大《はなは》だ匆匆《そうそう》たるに堪えず

春遊
沈家園裏花如錦
半是當年識放翁
也信美人終作土
不堪幽夢大匆匆

南宋《なんそう》の詩人陸游《りくゆう》には、愛国詩人と田園詩人の二つの側面があるが、もうひとつ彼の詩には一人の女性への思慕を歌った抒情詩の系譜がある。その女性とは彼の最初の妻唐琬《とうえん》である。

陸游は二十歳のころ、唐琬と結婚した。二人の仲は睦《むつ》まじかったが、陸游の母は彼女をきらって、むりやり離婚させてしまった。儒教道徳のなかで「孝」は最高の徳目とされる。陸游は母にそむくことができなかった。このことが彼の生涯の負い目となった。

その後両者ともそれぞれ再婚したが、別れて十年ののち、陸游は紹興《しょうこう》郊外の禹《う》跡寺《じゃくじ》の隣にあった沈《しん》家の庭園で、はからずも夫といっしょの唐琬と再会した。彼女は夫の許しを得て陸游の宴席に酒肴《しゅこう》を届けて去った。陸游はすでに名のある詩人だったので、その場で沈家の館《やかた》の壁に一篇《ぺん》の詞「釵頭鳳《さいとうほう》」（一四八ページ）を墨書した。

沈園《しんえん》での邂逅《かいこう》ののち、ほどなく唐琬は病死した。陸游は幾度となく彼女を偲《しの》ぶ詩を詠んだ。

陸游五十九歳の作に「夏の夜舟中《しゅうちゅう》にて水鳥の声の甚だ哀《かな》しきを聞く、姑悪《こあく》と曰《い》うが若《ごと》し。感じて詩を作る」という長い題の詩がある。

水鳥がクワッ、クワッと鳴く声が「姑悪」の発音に通じるので、中国では古代から水鳥は姑《しゅうとめ》から虐待されて死んだ嫁の生まれ変わりとされてきた。陸游はこの詩で姑としての母を批判し、唐琬に代表される嫁の立場を擁護したのである。

「沈園二首」は陸游七十五歳にして沈園を訪れたおりの作とされる。その二に「四十年」という歳月が詠まれているが正確には四十四年目ということになる。

その一の「画角《がかく》」とは彫物のある角笛で、守備兵が吹き鳴らすもの。「池台《ちだい》」は池とそのほとりに立つ楼台のこと。「驚鴻《きょうこう》」はものにおどろいて舞い立とうとする白鳥の姿、美人の形容として魏《ぎ》の曹植《そうしょく》が「洛神賦《らくしんふ》」に詠んだ。

その二の「稽山《けいざん》」は、紹興の東南にある会稽山《かいけいざん》。春秋《しゅんじゅう》時代、越王勾践《えつおうこうせん》が呉王夫差《ごおうふさ》に敗れた地として古来名高い。「弔」はここでは「遺蹤《いしょう》」（ゆかりの地）を訪ね慰めること。「泫然《げんぜん》」とは涙のとまらぬさまをいう。

「十二月二日夜、夢遊沈氏園亭」は八十一歳の作である。老人の夢にあらわれるのは永遠に年をとらぬ唐琬の面影であろう。しかし、この詩の情景に唐琬の姿はない。ただ二行目の「更に情《じょう》を傷ましむ」の句によってその思慕の深さを感じさせる。夢のなかだけに、舞台は邂逅の春の日そのままである。

「春遊」は、八十四歳の春、また沈園に遊んだおりの作である。翌年彼は他界するから、死ぬまで唐琬のことが忘れられなかったのだろう。二行目下の「放翁《ほうおう》」とは陸游の号である。四川《しせん》在任中、彼は任地を転々としたが、同僚たちから勝手気ままな振舞いを中傷され、それならばとあえて放翁（気ままな親爺《おやじ》）と名乗った。「幽夢」はここでは定かならぬ夢のこと。「匆匆《そうそう》」は月日のたちまちに過ぎ去るさまをいう。

誓イシ愛ニ変ワリナケレド

――フタリノ釵頭鳳――

タオヤカナ指モテ
注《ツ》ギクレシ金ノ酒
土塀ノヤナギ萌《モ》エテ春ハ街ニミツ
春風ノツレナサヨ
ハカナカリシ愛ヨ
胸フタガレシワガ思イ
別レテハヤイクトセカ
ワレアヤマテリ
アヤマテリ
アヤマテリ

陸游《りくゆう》／唐琬《とうえん》

紅酥《こうそ》の手
黄縢《こうとう》の酒
満城の春色宮牆《きゅうしょう》の柳
東風は悪《あ》しく
歓情は薄し
一懐《いっかい》の愁緒《しゅうちょ》
幾年か離索《りさく》せし
錯《あやま》てり
錯てり
錯てり

釵頭鳳　陸游

紅酥手
黄縢酒
満城春色宮牆柳
東風悪
歓情薄
一懐愁緒
幾年離索
錯
錯
錯

春ハ昔ニ変ワラネド
カノ人ハ痩《ヤ》セホソリ
紅涙ハ薄絹《ウスギヌ》ノハンカチニシミ透《トオ》ル
桃ノハナ散リ
池ノ館《ヤカタ》ハ静カ
誓イシ愛ニ変ワリナケレド
タヨリヲ交《カ》ワスヨシモナシ
ワガ心ムナシ
ムナシ
ムナシ

春は旧の如《ごと》く
人は空《むな》しく痩《や》せ
涙痕紅《るいこんくれない》に浥《うるお》いて鮫綃《こうしょう》透る
桃花《とうか》落ち
池閣《ちかく》閑《しず》かなり
山盟は在りと雖《いえど》も
錦書《きんしょ》託し難し
莫《さび》し
莫し
莫し

春如舊
人空痩
涙痕紅浥鮫綃透
桃花落
閑池閣
山盟雖在
錦書難託
莫
莫
莫

［川口順啓訳］

はかない世の中
憎まれるつらさ
黄昏の雨は降りしきり花びらを散らす
朝風に吹かれても
涙のあとは干《ほ》せぬ
思いのたけを記《しる》そうとして
ひとりごととして欄干《てすり》に倚《よ》る
とてもだめ
とてもだめ
とてもだめ

世情は薄く
人情は悪し
雨は黄昏《たそがれ》を送り花は落ち易《やす》し
暁風は乾きしも
涙痕《るいこん》は残る
心事を箋《せん》せんと欲して
独り斜闌《しゃらん》に語る
難し
難し
難し

釵頭鳳

唐琬

世情薄
人情悪
雨送黄昏花易落
暁風乾
涙痕残
欲箋心事
獨語斜闌
難
難
難

二人べつべつで
今は昔とちがう
なやむ心はゆらゆらとぶらんこみたい
角笛《つのぶえ》の音《ね》寂しく
夜はふけてゆく
ひとのとがめがこわいので
涙をのみこみ笑顔をつくる
ごまかしよ
ごまかしよ
ごまかしよ

人は各《おの》おのを成し
今は昨に非《あら》ず
病魂は常に秋千の索に似たり
角声は寒く
夜は闌珊《らんさん》たり
人の尋問するを怕《おそ》れ
涙《なみだ》に咽《むせ》びて歓を粧《よそお》う
瞞《あざむ》かん
瞞かん
瞞かん

人成各
今非昨
病魂常似秋千索
角聲寒
夜闌珊
怕人尋問
咽涙粧歡
瞞
瞞
瞞

「別レシ妻ヘノ挽歌」として、陸游《りくゆう》が亡き唐琬《とうえん》を偲《しの》んで作った詩四首を個人誌「湖畔吟遊」に紹介したところ、思いもかけず、川口順啓氏から、陸游の「釵頭鳳《さいとうほう》」に和した唐琬の同名の「詞《ツ》」の原文とその訳が寄せられてきた。訳は流麗で詩情豊かである。しかも女性の気持ちがよくあらわれている。川口氏のご了解を得て、二人の「釵頭鳳」を並べてそれぞれの訳をつけて紹介した。

唐琬は沈園《しんえん》で陸游と邂逅ののち、ほどなく病死したが、唐琬が陸游の「釵頭鳳」に和したことを考えると、その再会から彼女の死までにはいくばくかの時間があったものと思われる。というのは、陸游は当時（三十歳）すでに著名な詩人だったので、沈園の館《やかた》の壁に墨書した一篇《ぺん》の詞「釵頭鳳」が世間の評判となった。唐琬がその墨書をじかに読んだかどうかは分からないながら、書き写された「詞」を繰りかえし読んだのではなかろうか。だからこそこのような、陸游の「詞」に引けをとらない返しの歌を作ることができたのであろう。

ところで、「釵頭鳳」とは何なのか。『大漢和辞典』にものっていないし、漢詩の解説書でもまずはお目にかかれない。漢詩には大きくわけて詩の部と詞の部がある。詞は一般に曲があって、その曲にあわせて詩が作られる。詞の各種の種別を称して詞牌《しはい》という。何十となくある詞牌の一つが「釵頭鳳」で、元来の意味はある種の髪飾りのことである。石川啄木《いしかわたくぼく》の歌「浪淘沙《ろうとうさ》ながくもこゑをふるはせてうたふがごとき旅なりしかな」の「浪淘沙」も著名な詞牌の一つである。

中国中古以降の詩歌は、唐詩《とうし》・宋詞《そうし》・元曲《げんきょく》というのが主たる潮流といわれている。詞は北宋《ほくそう》から南宋《なんそう》にかけての時代にもっとも隆盛を誇った。「釵頭鳳」も南宋時代に多くの傑作が生まれた。その頂点にあるのが陸游《りくゆう》の「釵頭鳳」であろうか。

「紅酥《こうそ》」は化粧用の顔料、臙脂《えんじ》から転じて女性の桜色の肌の形容。「黄縢酒《こうとうしゅ》」は黄色い帯の酒。壺《つぼ》からそそぐと黄金色の帯のように見える老酒のことか。「宮牆《きゅうしょう》」は邸宅の周囲をかこむ土塀。ここでは沈園の塀。「一懐愁緒」は胸いっぱいの愁《うれ》い。「離索《りさく》」は離群索居の略。索も離に同じ。ここでは二人が離れて暮らすこと。「鮫綃《こうしょう》」は南海の鮫人《こうじん》（人魚）が織るという伝説のうすぎぬ。仙《スワ》頭《トウ》レースの類《たぐい》。「山盟」は泰山《たいざん》のように動かぬ誓い。「錦書《きんしょ》」は手紙の美称である。

　この「詞」を壁に墨書してから三十七年の後、陸游はふたたび沈園を訪れた。園はすでに持主が変わり、壁も崩れて、彼の「釵頭鳳」は石に刻みなおされていた。しかし、彼は唐琬のこの「返歌」を知っていたのだろうか。

「箋心事《せんしんじ》」は心情を書き綴《つづ》ること。「斜闌《しゃらん》」は部屋の角にある手すりか。「病魂」は思い疲れて定まらぬ心。「秋千索」はぶらんこの吊り縄。「秋千」は鞦韆《ぶらんこ》に同じ。「角声」はこの時代、日没のあと城門を閉じるときに城楼から吹き鳴らしたという。「闌珊《らんさん》」は衰えるさま。花や雪の散り乱れるさまである。

　おそらく、この「詞」が唐琬の「白鳥の歌」となったにちがいない。そしてこの詞によって彼女は永遠の生命を得た。項羽《こうう》の「垓下歌《がいかのうた》」と虞美人《ぐびじん》の「返歌」のように、この二つの「釵頭鳳」は対《つい》になって歌われるのであろう。その歌曲を聴きたいものだ。

散《チ》リユク花《ハナ》ヲ　惜《オ》シムマジ

「惜春《せきしゅん》韻語《いんご》」より六首

川ノホトリノアンズノ樹々《キギ》ハ
昨日ノ夜風ニ吹カレテ咲イタ
ベニトウスベニ色トリドリニ
萌《モ》エルワカバニ照リハエテ

遊春の曲
万樹《ばんじゅ》江辺の杏《あんず》
新たに開く一夜の風
満園《まんえん》の深き浅き色
照りて在り緑波《りょくは》の中

①遊春曲　王維
萬樹江邊杏
新開一夜風
満園深淺色
照在緑波中

空《ムナ》シク人ハ老イユケド
年々春ハカエリクル
共ニ語ラン酒酌《ク》ミテ
散リユク花ヲ惜シムマジ

送春の辞
日日人は空《むな》しく老い
年年春は更に帰る
相歓《あいよろこ》ぶ尊酒《そんしゅ》の在るを
用いざれ花の飛ぶを惜しむを

②送春辭
王維
日日人空老
年年春更歸
相歡在尊酒
不用惜花飛

女ザカリニキミハ逝キ
春ノ女神《メガミ》ノツレナシヤ
イマサラ何ノ春ノ香《カ》ゾ
梅花ハヒラク去年《コゾ》ノ枝

梅花の詩

失却《しつきやく》す烟花《えんか》の主
東君《とうくん》自《みずか》ら知らず
青香《せいこう》更に何《なん》の用ぞ
猶《なお》発《ひら》く去年の枝

③梅花詩
李煜

失却烟花主
東君自不知
青香更何用
猶發去年枝

憂《ウ》キ世《ヨ》ヲアトニワガ妻ハ
ミジカキイノチ閉ジニケリ
手巾《シュキン》ニノコル香《カ》ヲカゲバ
マユ濃キヒトゾ偲《シノ》バルル

霊筵《れいえん》の手巾《しゅきん》に書す
浮生《ふせい》苦《はなは》だ憔悴《しょうすい》し
壮歳《そうさい》にして嬋娟《せんけん》を失う
汗の手を遺香《いこう》に漬《ひた》せば
痕眉《こんび》の染黛烟《せんたいけぶ》る

④書霊筵手巾　李煜
浮生苦憔悴
壮歳失嬋娟
汗手遺香漬
痕眉染黛烟

ココロ弱リカ春ノクレ
フルサトカクモ恋シキハ
ヤマイノ床《トコ》ニ櫛《クシ》トレバ
恨《ウラ》ミゾナガキミダレ髪
軒ノツバメハムツマジク
ヒネモス鳴キテ飛ビカイヌ
ソヨカゼ薔薇《バラ》ノ花ニ吹キ
スダレ越シナル香《カ》ゾ匂《ニオ》ウ

春残

春残何事ぞ苦《はなは》だ郷を思う
病裡《びょうり》頭《かみ》を梳《す》けば髪の長きを恨む
梁《はり》の燕《つばめ》は語ること多く終日在り
薔薇《しょうび》風細やかに一簾《いちれん》の香り

⑤春残

李清照

春残何事苦思郷
病裡梳頭恨髪長
梁燕語多終日在
薔薇風細一簾香

金襴緞子《キンランドンス》ハ惜シカラズ
惜シムハ若キミジカキ日
ハナ手折《タオ》ル日ヲタメラワバ
アシタハ散リテアトモナシ

金縷《きんる》の衣
君に勧《すす》む金縷《きんる》の衣を
　惜しむ莫《な》かれ
君に勧む須《すべか》らく少年の時を
　惜しむべし
花開きて折るに堪えなば直ちに
　須らく折るべし
花無くして空《むな》しく枝を折ることを
　待つ莫かれ

⑥金縷衣
杜秋娘
勸君莫惜金縷衣
勸君須惜少年時
花開堪折直須折
莫待無花空折枝

澤田《さわだ》瑞穂《みずほ》著『閒花零拾—中国詩詞随筆』（研文出版・一九八六年）という本がある。

澤田瑞穂氏は明治四十五年（一九一二）五月高知生まれ。天理大学・早稲田大学教授を歴任、著書・論文ともたいへん多く、詩の領域だけでなく、中国の歴史・文学・民間信仰など幅広い研究成果がある。

同書の一篇《ぺん》に「惜春韻語」という随筆がある。一九七六年十二月「中国文学研究」（早大）第二期に発表された。十三首の詩を取りあげて、みやびな言葉で訳され、さらに適切な解題がつけられている。このうち六首を選び、戯訳もつけて紹介したい（澤田氏訳は一六三ページ）。

以下の解説で〈 〉の中に入った箇所は澤田氏の文章である。それを中心に鑑賞していきたい。
①②〈ともに宴遊即興の作と考えられる。前一首は林泉遊覧の嘱目《しょくもく》。後一首は饗宴《きょうえん》の主人役として客に酒をすすめる歌で、楽府《がふ》の「将進酒」を小型にしたようなもの。おそらく家妓《かぎ》をして楽《がく》に合わせて唱《うた》わせたものであろう。（中略）それゆえ、詩の字句表現だけを見て、ただちに作者の思想傾向を説くのは危険である。李白《りはく》などの酒の詩にも、こうした類型化された「勧酒詩」の作が見られる〉。「尊酒《そんしゅ》」の「尊」は樽《たる》に同じ、たるざけ。
②の澤田訳の「日《ひ》にけに」（日々に、日に日に）のけとは、上代語で日の複数形。漢字はやはり日を当てる。
③④李煜《りいく》は十世紀、五代十国《ごだいじっこく》のうちの南唐《なんとう》の最後の国王で、宋《そう》に捕えられ、四十二歳にして毒を仰いで死んだ。「詞《ツ》」の名手としても知られるが、〈ここにあげた五絶二首は亡国以前のもので、

その愛妻昭恵后周氏《しょうけいこうしゅうし》の死を悼んでの作である。昭恵后周は名は娥皇《がこう》。保大《ほだい》十二年（九五四）、十九歳にして当時十八歳だった後主《こうしゅ》（李煜）の妃となり、乾徳《けんとく》二年（九六四）十一月、二十九歳をもって卒した。頽《くず》れゆく国勢を周囲に感じながらも、美貌《びぼう》の皇后を擁して逸楽の日夜を送っていた後主が、愛妻の死によっていかに傷心したかは、この二首にも示されており、その殉情は近代作家の素純な抒情詩《じょじょうし》を想《おも》わせるものがある〉。

③の「烟花《えんか》」とは春がすみが棚引く美しい景色を美人になぞらえたもの。「東君」は太陽のことで、澤田氏は佐保神《さほがみ》と訳した。春の女神のことで私もそれに準じた。「青香」の「青」は春のこと。訳のおぞやは、おぞましいの意である。

④の題名「霊筵《れいえん》」は御霊《みたま》を祀《まつ》る場所、おそらく仏壇の如《ごと》きものであろう。「手巾《しゅきん》」はハンカチ。「浮生《ふせい》」は定めないはかない人生、「嬋娟《せんけん》」は姿があでやかに美しいさま、またそのような女性。この詩は、〈亡き人の遺《のこ》した手巾に寄せて悔恨と哀憐《あいれん》のこまやかな情を抒《の》べる。手巾に残る移り香を嗅《か》ぎ、青黛《せいたい》の眉《まゆ》を心に描く。感覚の繊細なること、心情の顫動《せんどう》をも伝えるがごとくである〉。

⑤李《り》清照《せいしょう》は宋《そう》代の女流詩人として知られる。もともと山東《さんとう》省済南の良家に生まれ育ち、幸せな結婚をして、才気にあふれる詩や詞を書いた。そこに突如として起こったのが北方民族女真（金）の侵攻である。北宋はほろび、夫に死なれた李清照は、江南《こうなん》の地を流浪しながらも詩を作りつづけた。〈喪乱流離の間に孤独となった清照は、帰るに家なく、みずからも病を得て、五十三歳のころ弟を頼って浙江金華《せっこうきんか》に移り、ついにその地に残年を送った。没年は不詳であるが、六十歳前後までは生

きていたものと思われる〉。

「春残」は、春のなごり、春の終わり。「梁《はり》」は屋根を支える太い横木のことだが、むしろ軒端を想定したほうが分かりやすい。「一簾香」とは、病室と庭をへだてるすだれ越しに匂《にお》うバラの香《か》のことであろう。〈この「春残」の一首は「思郷」「病裡」などの字面より見ても孤独な晩年の作と推測せられる。惆悵《ちゅうちょう》の詩情を「薔薇風細一簾香」の女性らしい繊細な一句で結んで余韻無限である〉。

⑥この詩はたいへん名高い。佐藤春夫《さとうはるお》は『支那歴朝名媛《めいえん》詩抄　車塵集《しゃじんしゅう》』の冒頭にこの詩をあげた。訳詩は「綾《あや》にしき何をか惜しむ／惜しめただ君若き日を／いざ折れ花よかりせば／ためらはば折りて花なし」（ただ若き日を惜しめ）。那珂秀穂《なかひでほ》は『支那歴朝閨秀《けいしゅう》詩集』でつぎのように訳した。「眩ゆき衣《きぬ》も惜しむまじ／惜しきは二八の春にこそ／花咲かば折れ　散らぬ間に／散りての後ぞせむもなや」（眩ゆき衣《きぬ》）。

杜秋娘《としゅうじょう》は生没年不詳ながら晩唐《ばんとう》時代の女流詩人として名高い。金陵《きんりょう》（現・南京《ナンキン》）の娼家《しょうか》に生まれ、十五歳で鎮海の地方長官李錡《りき》の妾となった。李錡が刑死したあとは、後宮《こうきゅう》に入って憲宗《けんそう》皇帝に寵愛《ちょうあい》されたというから、並の女性ではない。

（澤田瑞穂訳）

①遊春の曲

みづのほとりのからももは
ひとよのかぜにさきみちぬ
にほひもうすくあるはこく
みどりのなみにうつりたる

②送春の辞

日にけに人は老ゆれども
かはらで春はたちかへる
ただ美酒《うまざけ》になぐさめよ
さもあらばあれ花のちる

③梅花の詩

花のあるじは失せぬるを
など佐保神《さほがみ》のこころなき
春のいろかをなにせむに
ひらくもおぞや去年《こぞ》の梅

④霊筵の手巾に書す

うき世のさがにやつれては
わかきいのちもはかなしや
そのうつり香《か》もまゆずみも
しみのこるこそいとしけれ

⑤春残

春のなごりをいかなれば
かくもこひしきふるさとや
やまひの床に梳《くしけづ》る
黒髪ながきわがうれひ
檐《のき》にとびかふつばくらの
さへづりしげき日すがらを
すだれの外にさきいでて
香にこそにほへ花薔薇《はなしゃうび》

⑥金縷の衣

惜しみたまひそあやにしき
惜しめよただに若き日を
手折らばさかりの花をこそ
ちりての後をなにかせむ

アア世ノナカハ流レ雲

君ヨ一杯クツロギタマエ
人ノナサケノウラオモテ
フルキ友サエ敵トナリ
タヨル仲間ノ冷ヤヤカサ
草ナラ雨ニ萌《モ》エデテモ
ハナノ枝ニハ風サムシ
アア世ノナカハ流レ雲
飲ンデ笑ウテ寝ルガヨシ

酒を酌《く》んで裴迪《はいてき》に与う　王維《おうい》

酒を酌《く》んで君に与う君自《みずか》ら寛《ゆる》うせよ
人情の翻覆《ほんぷく》波瀾《はらん》に似たり
白首《はくしゅ》の相知《そうち》も猶《なお》剣を按《あん》じ
朱門《しゅもん》の先達《せんだつ》弾冠《だんかん》を笑う
草色全《あまね》く細雨を経て湿《うるお》い
花枝《かし》動かんと欲すれば春風寒し
世事《せいじ》浮雲何《なん》ぞ問うに足らん
高臥《こうが》して且《か》つ餐《さん》を加うるに如《し》かず

酌酒與裴迪

酌酒與君君自寛
人情飜覆似波瀾
白首相知猶按劍
朱門先達笑彈冠
草色全經細雨濕
花枝欲動春風寒
世事浮雲何足問
不如高臥且加餐

裴迪《はいてき》は王維《おうい》より十七歳年少の盛唐《せいとう》の詩人である。王維はこの年若い友をわが子のように深く愛した。二人で唱和した『輞川集《もうせんしゅう》』はとくに名高い。この詩は裴迪が科挙《かきょ》の試験に失敗して落ちこんでいたときに与えて、慰めたものといわれる。

「白首相知《はくしゅそうち》」とは白髪になるまでの長年の友人。「按剣《あんけん》」は刀の柄《つか》に手をかけ、相手を斬《き》るかまえ。「朱門《しゅもん》」は高位高官の象徴、「先達《せんだつ》」は自分より早く出世した者。「弾冠《だんかん》」は、出世した友人の引きを期待して、冠の塵《ちり》をはらって任官の準備をすること。「草色《そうしょく》」の句はつまらぬ人物が栄えることのたとえ。「花枝」の句はすぐれた人物の不遇のたとえ。「高臥《こうが》」はのんびり枕《まくら》を高くして寝ること。「加餐《かさん》」は栄養をとって身体を大切にすること。

裴迪はのちに科挙に合格し、任官のため王維のもとを去っていくが、そのとき裴迪に贈った詩は切々として恋人と別れる詩のようであった。

貴方《アナタ》ノ詩ニハ敵《カナ》ワナイ

李《リ》白《ハク》サン貴方《アナタ》ノ詩ニハ敵《カナ》ワナイ
ヒョウゼントシテ群ヲヌキ
スガスガシサハ庾開府《ユカイフ》
シャレタトコロハ鮑参軍《ホウサングン》
コチラノ春ハ木ノ芽ドキ
貴地《キチ》ノ日暮レノ雲イカニ
フタタビ会ウテ酒ヲクミ
ブンガク語ル日ハイツカ

春日《しゅんじつ》李《り》白《はく》を憶《おも》う　杜甫《とほ》

白《はく》や詩に敵無し
飄然《ひょうぜん》思いは群ならず
清新なるは庾開府《ゆかいふ》
俊逸なるは鮑参軍《ほうさんぐん》
渭北《いほく》春天の樹《き》
江東《こうとう》日暮の雲
何時《いつ》か一尊《いっそん》の酒をもて
重ねて与《とも》に細《こま》やかに文を論ぜん

春日憶李白

白也詩無敵
飄然思不群
清新庾開府
俊逸鮑參軍
渭北春天樹
江東日暮雲
何時一尊酒
重與細論文

杜甫《とほ》は三十三歳の夏（七四四）洛陽《らくよう》で、都を追われた李白《りはく》（四十四歳）とはじめて会い、その後、秋にかけて高適《こうせき》をまじえて何度か歓をともにした。翌年の秋に山東《さんとう》省近辺を李白と二人で旅し、深い友情をむすんだ。そして曲阜《きょくふ》に近い石門《せきもん》で別れてのち、ふたたび会う機会はなかった。

「庾開府《ゆかいふ》」は六世紀の梁《りょう》の文人庾信のことで、開府の官を与えられていた。「鮑参軍《ほうさんぐん》」は五世紀の南朝宋《なんちょうそう》の文人で鮑照。参軍は官名。ともに詩才抜群であった。渭水《いすい》のほとり（長安の北方）にいた杜甫が、江東《こうとう》（長江《ちょうこう》の南岸）を放浪していた李白に寄せた友情の詩である。

杜甫にはまた、友人の高式顔《こうしょくがん》（高適《こうせき》の甥《おい》）に贈った友情の詩がある。

贈高式顔

昔別是何處
相逢皆老夫
故人還寂寞
削跡共轗虞
自失論文友
空知賣酒壚
平生飛動意
見爾不能無

昔《むか》し別れしは是《こ》れ何の処《ところ》ぞ
相逢《あいあ》えば皆な老夫なり
故人還《な》お寂寞《せきばく》
削跡《さくせき》共に轗虞《かんぐ》
文を論ずる友を失いてより
空《むな》しく知る売酒の壚《ろ》
平生《へいぜい》飛動の意
爾《なんじ》を見ては無きこと能《あた》わず

君トハドコデワカレタカ
互イニトシヲトリマシタ
昔ノナカマハパットセズ
暮ラシニ疲レタ者バカリ
ブンガク語ル友モナク
空《ムナ》シイ思イデ飲ンデタガ
オレモヤルゾトイウ気持
君トアッタラワイテキタ

酒と食を楽しむ

ハジメハ人ガ酒ヲ呑《ノ》ミ

酒人《しゅじん》某扇《ぼうおうぎ》を出《だ》して書《しょ》を索《もと》む　菅茶山《かんちゃざん》

ハジメハ人ガ酒ヲ呑《ノ》ミ
シマイニ酒ガ人ヲ呑ム
誰ノ言葉カ知ラネドモ
呑ンベハ肝《キモ》ニ銘《メイ》ズベシ

一杯人が酒を呑《の》み
三杯酒が人を呑む
是《こ》れ誰《たれ》の語か知らざれど
我が輩は紳《しん》に書《しょ》す可《べ》し

酒人某出扇
索書

一杯人呑酒
三杯酒呑人
不知是誰語
我輩可書紳

菅茶山《かんちゃざん》（一七四八―一八二七）は江戸時代後期の儒者である。郷里の備後国《びんごのくに》（広島県）神辺《かんなべ》にあって、私塾「黄葉夕陽村舎《こうようせきようそんしゃ》」（のち廉塾《れんじゅく》と改め、福山藩の郷塾となる）をおこし、長年子弟の教育に従事するかたわら、数多くのすぐれた漢詩を詠んだ。二千四百六首が残っている。頼山陽《らいさんよう》は茶山を師とも父とも仰ぎ親しんだといわれている。

わが亡き母は明治三十九年、東京神田《かんだ》に生まれた。神保町《じんぼうちょう》には救世軍本部がおかれ、独特の制服に身をつつんだ信者たちが街頭に立ち、楽隊《がくたい》の演奏にあわせて「断酒同盟の歌」をうたうのを、母は子供のころしばしば聞いたという。「はじめに人が酒を飲み、中ごろ酒が酒を飲み、しまいに酒が人を飲む、あわーれ、哀れ」という歌詞を「おたまじゃくしは蛙《かえる》の子」のメロディでうたうのである。

菅茶山はある酒席で酔っぱらいから扇子《せんす》に何か書いてくれとせがまれ、閉口してこの詩を書いたらしい。そこで私は初二句の訳に「断酒同盟の歌」をそっくりいただいた。

「書紳《しょしん》」は『論語《ろんご》』の「衛霊公篇《えいれいこうへん》」の故事にある成語。孔子《こうし》が弟子の子張《しちょう》に「言《げん》忠信、行《こう》篤敬なれば、蛮貊《ばんぱく》の邦《くに》と雖《いえど》も行われん、云々《うんぬん》」と長たらしい教えを垂れたので、子張はその言葉を忘れないように紳《しん》（幅広の帯）のはしに書きこんだとある。

カニガ泡《アワ》フクムスメガワラウ

何《か》十三が蝌《かに》を送《おく》るに謝《しゃ》す　黄庭堅《こうていけん》

カニガ泡《アワ》フクムスメガワラウ
コレハ美味《ウマ》ソトオヤジモ笑ウ
縄デククラレドッサリ着《ツ》イタ
ココイノ酒ガ待チドオシイゾ

形模《けいも》は婦女の笑いに入ると雖《いえど》も
風味《ふうみ》は壮士《そうし》の顔を解《と》くべし
寒蒲《かんぽ》束縛す十六輩《ぱい》
已《すで》に覚ゆ酒興《しゅきょう》の江山《こうざん》に生ずるを

謝何十三送蝌
形模雖入婦女笑
風味可解壮士顔
寒蒲束縛十六輩
已覺酒興生江山

「白玉《しらたま》の歯にしみとほる秋の夜の酒はしづかに飲むべかりけれ」とは若山牧水《わかやまぼくすい》の有名な歌だが、秋の夜にかぎらず、酒は静かに飲むのを第一等とする。気のあった仲間と談論風発、陽気に飲む酒も棄《す》てがたいが、そういう機会はたびたびはないから、ひとり陶然《とうぜん》と、心にほのぼのと灯がともるような酒の味わい方に心ひかれるのである。

さて、中国では昔から酒乱《しゅらん》が少ないといわれている。「酒は量なく、乱に及ばず」と『論語《ろんご》』「郷党第十《きょうとう》」にある。「酒はいくら飲んでもよろしいが、乱れてはならぬ」という孔子《こうし》の教えである。この二千五百年前の孔子様の教えがあるので、これを拳々服膺《けんけんふくよう》して、漢《かん》民族は酒に乱れることがなくなったという説がある。日本人にこの説を信じる人がわりに多い。

秋口の長江《ちょうこう》流域でとれる河蟹《かわがに》(上海《シャンハイ》語で大閘蟹《ドザハ》という)はじつに美味で、江南《こうなん》の人々がもっとも好む旬《しゅん》の食べ物。はさみに水苔《みずごけ》がついた拳《こぶし》大の蟹を何匹も縦に縄でしばって、生きたまま蒸《せい》籠《ろ》で蒸しあげ、黒酢をつけて食べるのが一般的な食べ方だ。

黄庭堅《こうていけん》(一〇四五―一一〇五)は宋《そう》代の詩人で難解な典故《てんこ》の詩を多く残したが、この詩は単純明快、ただただうれしさいっぱいの詩だ。何匹も蒲《がま》の藁《わら》でしばった蟹の苞《つと》を十六も贈られたのだから相好《そうごう》も崩れよう。何《か》十三もお礼にこの詩を書いた色紙をもらい、うれしかっただろう。

逢《オ》ウタカラニハ一杯ヤロウ

酒《さけ》に対《たい》す　白居易《はくきょい》

百年生キテモイイトキワズカ
春モ晴レタ日ソレホドナイゾ
逢《オ》ウタカラニハ一杯ヤロウ
聞イテクレヌカ王維《オウイ》ノアノ詩

百歳多時の壮健無し
一春《いつしゅん》 能《よ》く幾日か晴明《せいめい》
相逢《あいお》うて且《か》つ酔いを推辞《すいじ》する莫《な》かれ
唱《うた》うを聴け陽関《ようかん》の第四声

對酒
百歳無多時壯健
一春能幾日晴明
相逢且莫推辭醉
聽唱陽關第四聲

白居易《はくきょい》（七七二―八四六）は中唐《ちゅうとう》の詩人。字《あざな》は楽天《らくてん》、陝西《せんせい》省下邽《かけい》の人。二十九歳で進士《しんし》に及第、翰林学士《かんりんがくし》、左拾遺《さしゅうい》、太子少傅《たいししょうふ》などの職を歴任したが、晩年は洛陽《らくよう》に閉居《へいきょ》した。彼のまとめた詩文集『白氏文集《はくしもんじゅう》』は、わが国の平安朝文学にも大きな影響を与えた。長篇叙事詩《ちょうへん》「長恨歌《ちょうごんか》」「琵琶行《びわこう》」など、きわめてスケールの大きい、多彩な詩を数多く詠んだ詩人として生涯を終えた。この詩は酒をこよなく愛した詩人の一面がよくあらわれている。四行目の「陽関第四声」とは、当時も人々が愛誦してやまなかった王維《おうい》（六九九頃―七六一）の「送元二使安西」の第四句、「西のかた陽関《ようかん》を出ずれば故人《こじん》無からん」を指す。

白居易の詩が、中国でもわが国でも広く愛誦されたのは、何よりも彼の詩が平明だったからである。しかしこの平明さがのちにわざわいを招くこととなった。宋《そう》代に至って、蘇軾《そしょく》（蘇東坡）が「元軽白俗《げんけいはくぞく》」と評したのである。つまり元稹《げんしん》の詩は軽薄で、白居易の詩は平俗に過ぎるというのである。元稹は白居易の親しい友人で、世に「元白」と並び称された。これがもとで明代に『唐詩選』が出版されたときには白居易の詩は一篇も入っていなかった。『唐詩選』の編者とされる李攀竜《りはんりょう》はその序文の末尾で、「この選集によって唐詩を知りつくしてくれたならば、唐詩のすべてはここにつきたこととなるのだ」などと乱暴なことを述べている。

それでもなお白居易の詩は、今も人々に広く愛されている。その源泉もやはり平明さにある。

天地《テンチ》ハ酒《サケ》ガ好《ス》キナノサ

天モシ酒ガキライナラ
酒星《シュセイ》ガ天ニアルハズナイ
地モシ酒ガキライナラ
酒泉《シュセン》トイウ土地アルハズナイ
天地ハ酒ガ好キナノサ
ワシモ酒好キ誰ニモ恥《ハ》ジヌ
清酒ハ聖人ノヨウダトカ
濁酒ハ賢者トイウジャナイカ

月下《げっか》の独酌《どくしゃく》　李白《りはく》

天若《も》し酒を愛せずんば
酒星《しゅせい》は天に在らざらん
地若し酒を愛せずんば
地に応《まさ》に酒泉《しゅせん》無かるべし
天地既《すで》に酒を愛せり
酒を愛して天に愧《は》じず
已《すで》に聞く清《せい》は聖《せい》に比《たぐ》うと
復《ま》た道《い》う濁《だく》は賢《けん》の如《ごと》しと

月下獨酌

天若不愛酒
酒星不在天
地若不愛酒
地應無酒泉
天地既愛酒
愛酒不愧天
已聞清比聖
復道濁如賢

現存する李白《りはく》の詩約千首のうち、三分の一に何らかのかたちで月が詠みこまれているという。それほど李白は月が好きだった。江南《こうなん》中流の采石磯《さいせきき》の岩場で酒を飲み、長江《ちょうこう》に映る月をとろうとして溺《おぼ》れ死んだという伝説もゆえなしとしない。しかし実際には、采石磯の南方当塗《とうと》県（安徽《あんき》省馬鞍《ばあん》山《ざん》市）で飲みすぎのため病死したのである。「月下独酌」は四首あるが、これはその二。まさに月を友とし月を肴《さかな》として酔いかつ歌っている。

この詩は飲んべがくだを巻いているような感じだ。「酒星」とは酒をつかさどる星で、酒旗星《しゅきせい》ともいう。獅子座《ししざ》のフィー、クシ、オメガの三星がそれに該当するらしい。「酒泉《しゅせん》」は甘粛《かんしゅく》省に現存する町で、漢《かん》の武帝《ぶてい》の時代、遠征軍の総帥霍去病《そうすいかくきょへい》が、武帝から賜《たま》わった一樽《ひとたる》の酒をこの地の泉にそそいで全軍の将兵に分け与えようとしたところ、その泉から美酒がわき出したという伝説が残っている。

「清比聖、濁如賢」の源は、漢末にさかのぼる。魏王曹操《ぎおうそうそう》があるとき禁酒の法を断行して、飲むことはおろか、酒ということばを口にするのも禁じた。そこで人々は清酒のことを聖人、濁酒《どぶろく》のことを賢者といって、昔を懐かしんだと言い伝えられる。この詩は十四行からなるが、後の六行は割愛した。

ナダノ樽《タル》ザケ 木《キ》ノ香《カ》モタカク

客中行《かくちゅうこう》　李白《りはく》

ナダノ樽《タル》ザケ木ノ香《カ》モタカク
マスニ満《ミ》タセバ琥珀《コハク》ニヒカル
アルジナカナカトリモチ上手《ジョウズ》
マルデザイショデ飲ムヨウナ

蘭陵《らんりょう》の美酒鬱金《うこん》の香り
玉椀《ぎょくわん》盛《も》り来《きた》る琥珀《こはく》の光
但《た》だ主人をして能《よ》く客を酔わしめば
知らず何《いず》れの処《ところ》か是《こ》れ他郷なるを

客中行

蘭陵美酒鬱金香
玉椀盛來琥珀光
但使主人能醉客
不知何處是他鄉

「客中行《かくちゅうこう》」とは旅行中に詠んだ詩という意味である。「客中作」となっているテキストもある。

李白《りはく》は世界でもっともよく知られた詩人で、その詩はわが国でも昔から多くの人々に愛誦《あいしょう》されてきた。酒をこよなく愛し、酒をテーマとした詩を多く残している。また酒にまつわるエピソードも多く、後輩の詩人杜甫《とほ》は「李白は一斗にして詩百篇《ぺん》、長安《ちょうあん》市上酒家に眠る、天子呼び来れども船に上《のぼ》らず、自《みずか》ら称す臣は是《こ》れ酒中の仙と」と、その「飲中八仙歌《いんちゅうはっせんか》」（一八二ページ）に詠んでいる。

「蘭陵《らんりょう》」は地名で、山東《さんとう》省の南端にある町。美酒の産地として知られる。その酒は「鬱金《うこん》」（サフラン）によって香りがつけられている。「玉椀《ぎょくわん》」は大ぶりな玉杯。「盛来」はなみなみと注《つ》ぐこと。「琥珀《こはく》」は樹脂の化石で宝石の一種。独特の黄金色を放ち、その輝きが芳醇《ほうじゅん》な酒の色に似ていることから、古来美酒を称《たた》えて琥珀光、琥珀酒などとよんだ。

「但使」は「ただ……しさえするならば」の意。下二行を直訳すると「この家の主人が旅人（客）である私を心ゆくまで酔わしてくれるなら、ここが他郷であるかどうかなど知ったことではない」。

私は、この詩を現代のわが国の飲み屋の情景として意訳した。それも地方に旅したおり、たまたま入った店の姿とした。したがって蘭陵の美酒は灘《なだ》の樽酒《たるざけ》と相成《あいな》った。「在所」は故郷の田舎のことである。

起キヌケ三斗《サント》八 汝陽王《ジョヨウオウ》

飲中八仙歌《いんちゅうはっせんか》　杜甫《とほ》
馬ニ乗ッタル知章《チショウ》サン
　ウツラウツラト船ヲコギ
マナコ朦朧《モウロウ》井戸ニ落チ
　水ノナカデモタカイビキ
起キヌケ三斗《サント》ハ汝陽王《ジョヨウオウ》
　ソレカラ御所《ゴショ》ヘオデマシダ
酒積ム車ニ行キ逢《ア》エバ
　ヨダレタラシテ未練顔《ミレンガオ》
酒泉《シュセン》ニ転任デキヌノヲ
　日ゴロ無念《ムネン》ニ思ッテル
知章《ちしょう》が馬に騎《の》るは船に乗るに似たり
眼花《まなこくら》み井《い》に落ちて水底《すいてい》に眠る
汝陽《じょよう》は三斗にして始めて天に朝《ちょう》し
道に麹車《きくしゃ》に逢《あ》えば口に涎《よだれ》を流す
恨《うら》むらくは封《ほう》を移して酒泉《しゅせん》に向かわざるを

飲中八仙歌
知章騎馬似乗船
眼花落井水底眠
汝陽三斗始朝天
道逢麹車口流涎
恨不移封向酒泉

連日ドンチャン左大臣《サダイジン》
　一夜ニ使ウカネ万両
ソノ飲ミップリ大鯨《タイゲイ》ガ
　百ノ河川《カセン》ヲ吸ウゴトシ
酒ヲフクンデノタマウハ
　清酒ハヨイガ濁酒《ドブ》イラヌ
ソノ名モ高キ色オトコ
　宗之《ソウシ》ハマサニ美少年
サカズキ挙《ア》ゲテ眼ヲムイテ
　空ヲ見上ゲルソノ姿
風ニ吹カレル一本《ヒトモト》ノ
　サヤケキ樹ニゾサモ似タリ

左相《さしょう》は日《ひび》の興《きょう》に万銭《ばんせん》を費《つい》やす
飲むこと長鯨《ちょうげい》の百川《ひゃくせん》を吸うが如《ごと》し
杯《はい》を銜《ふく》み聖を楽しんで賢を避くと称す
宗之《そうし》は瀟灑《しょうしゃ》たる美少年
觴《さかずき》を挙げ白眼《はくがん》もて青天を望めば
皎《きょう》として玉樹《ぎょくじゅ》の風前に臨《のぞ》むが如し

左相日興費萬錢
飲如長鯨吸百川
銜杯樂聖稱避賢
宗之瀟灑美少年
擧觴白眼望青天
皎如玉樹臨風前

蘇晋《ソシン》ハ斎戒沐浴《サイカイモクヨク》シ
ホトケノ前デ禅《ゼン》ヲ組ム
無我《ムガ》ノ境地《キョウチ》ヲ愛ストテ
シバシバ酒ヲタシナンダ
飲ンベノ詩人李白《リハク》サン
一斗デ百ノ詩ガデキタ
長安《チョウアン》市内ユキツケノ
酒屋デ飲ンデネムリ込ミ
帝《ミカド》ノ船ニ召サレタガ
足ガモツレテ上ガリ得ズ
ソレガシ酒《アル》中《チュウ》仙人ト
ミカドニクダヲ巻イタトカ

蘇晋《そしん》は長斎《ちょうさい》す繡仏《しゅうぶつ》の前
酔中《すいちゅう》往往《おうおう》にして逃禅《とうぜん》を愛す
李白《りはく》は一斗にして詩百篇《ぺん》
長安《ちょうあん》市上酒家に眠る
天子呼び来れども船に上《のぼ》らず
自《みずか》ら称す臣は是《こ》れ酒中の仙と

蘇晉長齋繡佛前
醉中往往愛逃禪
李白一斗詩百篇
長安市上酒家眠
天子呼來不上船
自稱臣是酒中仙

草書《ソウショ》ノ達人張旭《チヨウキヨク》ハ
筆オロスマエ先《マ》ズ三杯
貴賓《キヒン》ノ前デ帽子トリ
髪フリミダス様《サマ》ナレド
筆ヲフルエバタチマチニ
紙ニ墨ノ香《カ》ニオイ立ツ
フダン無口ノ焦遂《シヨウスイ》ハ
五斗酒干シテ意気アガリ
縦横《ジユウオウ》無尽《ムジン》ロウロウト
満座ワカセテモノガタル

張旭《ちょうきょく》は三杯にして草聖《そうせい》伝わる
帽を脱ぎ頂《いただき》を露《あら》わす王公の前
毫《ふで》を揮《ふる》い紙に落とせば雲煙《うんえん》の如し
焦遂《しょうすい》は五斗にして方《まさ》に卓然
高談《こうだん》雄弁四筵《しえん》を驚かす

張旭三杯草聖傳
脱帽露頂王公前
揮毫落紙如雲煙
焦遂五斗方卓然
高談雄辯驚四筵

杜甫《とほ》は一般に、世を憤り人生のはかなさをうたう憂愁の詩人という一面が強調されがちだが、この詩のように、まるで落語を聴くような洒脱《しゃだつ》な面もあるスケールの大きな詩人である。「飲中八仙歌《いんちゅうはっせんか》」とは唐《とう》の玄宗《げんそう》皇帝の時代（八世紀半ば）の八人の名だたる酒豪の飲みっぷりを詠んだ詩という意。杜甫が三十五歳のとき仕官先を求めて長安《ちょうあん》に入ってまもないころの作とされる。

「知章《ちしょう》」は賀知章《がちしょう》。会稽《かいけい》（現在の浙江省紹興《せっこうしょうこう》市）の人。礼部侍郎《れいぶじろう》（文部次官クラス）までなった高級官僚で、詩にすぐれ、書をよくした。天才李白《りはく》を見出《みいだ》して自らパトロンともなった。「眼花」は目がかすんでよく見えない状態。

「汝陽《じょよう》」は河南《かなん》省にある地名。玄宗皇帝の兄の子李璡《りしん》が汝陽王であったのでこのようによんだ。李璡はある時期杜甫とも親しかった。「麴車《きくしゃ》」とは酒のもとのこうじを運ぶ車である。「酒泉《しゅせん》」は甘粛《かんしゅく》省に現存する地名で、酒がわき出す泉についての故事が伝えられている。李璡は羯鼓《かっこ》（ばちで両面を打ち鳴らすつづみ）の名手でもあった。

「左相《さしょう》」（わが国の左大臣に相当）とは李適之《りてきし》のこと。政敵李林甫《りりんぽ》と争って敗れ、毒を仰いで死んだ（七四七）。「聖を楽しんで賢を避く」は、李適之が官を辞した直後の詩、「賢を避けて初めて相を罷《や》め、聖を楽しんで杯を銜《ふく》む」をふまえている。

「宗之《そうし》」は宰相《さいしょう》崔日用《さいじつよう》の子で崔宗之。侍御史《じぎょし》（天子の側用人《そばようにん》）となる。「白眼」は、晋の阮籍《げんせき》が俗物に対しては白眼で見たという故事による。「皎《きょう》」はあざやかなさま。歌舞伎《かぶき》の名舞台を見るような情景だ。

「蘇晋《そしん》」は名文家で玄宗の詔勅《しょうちょく》の起草者として知られる。仏教（禅）に深く帰依《きえ》したが、不飲酒の戒律だけは守らなかったらしい。「逃禅《とうぜん》」は、俗世間をのがれて禅の道に入ること。一説に、酒を飲んで仏の戒律にそむくことをいう。

「李白」のこの逸話はきわめて名高い。玄宗寵愛《ちょうあい》の宦官高力士《かんがんこうりきし》にその酔態を憎まれ、やがて都を追放されるもととなった。「酒中」をアル中と戯訳したが、ほかの七人も似たり寄ったりであったろう。

「張旭《ちょうきょく》」は草書の名手。「草聖」は草書に巧みな人。当時、貴人の前で脱帽するのは非礼とされた。いつも酔うと奇声を発して走りまわったといわれる。

「焦遂《しょうすい》」は経歴不詳。吃音者《きつおんしゃ》とも無口の人ともいわれるが、私には古今亭志ん生《ここんていしんしょう》のような当時人気の話術家の姿が思い浮かぶ。「四筵《しえん》」は、四方の座席。その席にすわっているすべての人。満座。

アレガ地酒《ジザケ》デ名高《ナダカ》イ村《ムラ》ヨ

清明《せいめい》　杜牧《とぼく》

花ノサカリニツメタイ雨デ
タビノ身空《ミソラ》ハ寒ウテナラヌ
坊ヤ何処《ドコ》ゾニ飲ミ屋ハナイカ
「アレガ地酒《ジザケ》デ名高イ村ヨ」

清明《せいめい》の時節雨紛紛《ふんぷん》
路上の行人魂《こうじんこん》を断たんと欲す
借問《しゃもん》す酒家《しゅか》は何処《いずく》にか在る
牧童遥かに指す杏花《きょうか》の村

清明

清明時節雨紛紛
路上行人欲斷魂
借問酒家何處在
牧童遙指杏花村

「清明《せいめい》」とは二十四節気の一つで、陰暦三月の節。春分後十五日目で、陽暦の四月五日ごろにあたる。中国では古来先祖の墓参りの日となっている。この時節、江南《こうなん》地方はわが国と同様、菜種梅雨《なたねづゆ》の季節で、冷たい雨の日がつづく。初句はその情景を詠んでいるのであろう。

「行人《こうじん》」は旅人。「断魂」は非常に心を傷めること、断腸に同じ。「借問《しゃもん》」は問いかけの慣用語。

「牧童」は牛や馬の番をする子供、ここでは水牛の番であろうか。

杜牧《とぼく》がこの詩を作ったころ、彼は池州《ちしゅう》（現・安徽《あんき》省貴池《きち》県）の刺史《しし》（知事）の職にあったとされる。池州には「杏花村《きょうかそん》」という村があり、その地に「黄公酒壚《こうこうしゅろ》」という造り酒屋があって、杜牧はこの店の酒を好んだという。

別の説では、現代中国の八大名酒の一つに数えられる「汾酒《ふんしゅ》」の産地、山西《さんせい》省汾陽《ふんよう》県（太原《たいげん》市南西方）にある杏花村がこの詩の対象とされている。

さらに別の解釈では、単にあんずの花が美しく咲く村を描いて、そこに居酒屋をおいた杜牧の心象風景であるとする。いずれにせよ、この詩の影響から、中国本土や台湾、香港《ホンコン》、そればかりか日本でも「杏花」の名のつく料理店や酒家をよく見かけるし、また杏花酒という酒もある。

河豚《フグ》ハヒタスラ サカノボル

竹ノハヤシハ薄霞《ウスガス》ミ
ホンノリ桃モ咲イテイル
河ノナガレハ暖《アタタ》カク
タワムレオヨグ鴨《カモ》ノムレ
ヨモギハ青ク地ニ萌《モ》エテ
ヨシノ芽生《メバ》エガ目ニシミル
トキコソイマヨ水底《ミナゾコ》ヲ
河豚《フグ》ハヒタスラサカノボル

恵崇《えすう》の「春江暁景《しゅんこうぎょうけい》」　蘇軾《そしょく》

竹外《ちくがい》の桃花《とうか》三両枝《さんりょうし》
春江水《しゅんこうみず》暖かにして鴨《おう》まず知る
蔞蒿《ろうこう》は地に満ち蘆芽《ろが》は短《みじか》し
正《まさ》に是《こ》れ河豚《かとん》上《のぼ》らんと欲するの時

恵崇春江暁景
竹外桃花三両枝
春江水暖鴨先知
蔞蒿満地蘆芽短
正是河豚欲上時

春洲生荻芽　春岸飛楊花　春の洲《す》に荻芽《てきが》は生じ　春の岸に楊花《ようか》は飛ぶ
河豚當是時　貴不數魚鰕　河豚《かとん》は是《こ》の時に当たり　貴《たっと》きこと魚鰕《ぎょか》には数えず

これは宋《そう》代の詩人、梅尭臣《ばいぎょうしん》の詩「范饒州《はんじょうしゅう》の坐中《ざちゅう》、客河豚魚《かとんぎょ》を食うことを語る」のはじめの四行である。全体で二十八行ある。

梅尭臣は、蘇軾《そしょく》が進士《しんし》の試験を受けたさいの試験官であった。蘇軾が梅尭臣を師と仰いだのも由《よし》なしとしない。

この時代、宋の朝廷は新法党（改革派）と旧法党（保守派）との熾烈《しれつ》な争いの場であった。新法党の首領は王安石《おうあんせき》、旧法党の中心的存在は蘇軾。二人は詩の世界ではたがいに認めあいながら、ともに二転三転する酷薄な運命にも堪えねばならなかった。

この詩は、恵崇《えすう》という同時代の画僧が描いた「春江暁景《しゅんこうぎょうけい》」と題する画への賛である。ところが蘇軾は結句で、画中には描かれていない水中の河豚《ふぐ》をいきいきと詠みこむことで、この詩を食欲のかたまりに変えてしまった。

梅尭臣の詩には、江南《こうなん》地方の人々が、毒をも死をも恐れずこの美味なるもの（河豚）に執着するさまが述べられているのだが、宋代のグルメ蘇東坡（蘇軾）自身も河豚が大好きで「一死に値《あたい》す」と言ったという説もある。よもぎの若葉や蘆《あし》の芽（荻《おぎ》の芽も同様）は、河豚といっしょに煮ると毒を消すとか、味をよくするとかいわれているのである。

黄州《コウシュウ》ブタハ　味《アジ》ガヨク

猪肉《ちょにく》を食《く》う　蘇軾《そしょく》

黄州《コウシュウ》ブタハ味ガヨク
値段ハタダモ同然《ドウゼン》ダ
金持チ馬鹿デ食ベモセズ
マルビハ料理知ランノダ
トロ火デ
水ハ少《スク》ナ目ニ
グツグツ煮レバ美味《ウマ》クナル
起キヌケ鍋《ナベ》ヲ火ニカケテ
家内デ食エバ極楽《ゴクラク》ダ
他人《ヒト》ノ世話マデ見キレヌワイ

黄州《こうしゅう》　猪肉好《よ》し
価銭《あたい》は糞土《ふんど》に等し
富者《ふうしゃ》は肯《あえ》て喫《く》らわず
貧者は煮るを解せず
慢《ゆる》やかに火を著《つ》け
少しく水を著け
火候《かこう》足る時他《そ》は自《おのずか》ら美《うま》し
毎日起き来たりて一碗《わん》を打《つく》る
自家飽《あ》くことを得《え》ば君管《かん》する莫《な》かれ

食猪肉

黄州好猪肉
價錢等糞土
富者不肯喫
貧者不解煮
慢著火
少著水
火候足時他自美
毎日起來打一碗
飽得自家君莫管

この詩は、蘇軾《そしょく》が、反対派の仕組んだ筆禍《ひっか》事件で黄州《こうしゅう》（湖北《こほく》省黄岡県）に左遷された時代の作である。

黄州では生活のために荒地を耕し、その地を東坡《とうば》と名づけ、また自らも東坡居士《とうばこじ》と号した。「坡」は土手、堤の意である。こういうときの身の処し方の男らしさと、勇気を失わずに諧謔《かいぎゃく》を弄《ろう》する心意気が、その詩とともに後世まで人をひきつけてやまぬのであろう。わが国では本名よりも、蘇東坡という名のほうが親しまれている。

豚肉のこの料理は、のちに「東坡肉《トンポウロウ》」とよばれるようになった。杭州《こうしゅう》料理や長崎の卓袱《しっぽく》料理には欠かせない一品であり、沖縄では「らふてー」とよんで人々にもっとも好まれる料理の一つとなっている。

もちろん、詩は料理法を書いたものではないから簡単に述べているが、実際には豚肉を角切りにして何度も水煮して脂やアクを捨てたあと、醬油《しょうゆ》、酒、砂糖、香料などで味つけしながら長時間とろ火で煮たもので、肉質が豆腐のようにやわらかいのが特長である。

コノ時期《ジキ》河豚《フグ》ハ絶品《ゼッピン》デ

中州《ナカス》ニ荻《オギ》ガ芽《メ》ヲ出シテ
岸デハ楊《ヤナギ》ノワタガ舞ウ
コノ時期河豚《フグ》ハ絶品デ
鱸魚《スズキ》モ鰕《エビ》モカタナシダ
姿カタチハ奇《キ》ッ怪《カイ》デ
毒ノスゴサモ類《ルイ》ガナイ
腹ヲ立テレバ豚ニ似テ
目ノスルドサハガマ蛙《ガエル》
包丁《ホウチョウ》サバキヲ間違エバ
毒矢《ドクヤ》トナッテ喉《ノド》ヲ刺ス

范饒州《はんじょうしゅう》の坐《ざ》中《ちゅう》、客《きゃく》河豚魚《かとんぎょ》を食うことを語《かた》る　梅尭臣《ばいぎょうしん》

春の洲《す》に荻芽《てきが》は生じ
春の岸に楊花《ようか》は飛ぶ
河豚《かとん》は是《こ》の時に当たり
貴《たっと》きこと魚鰕《ぎょか》には数えず
其《そ》の状已《すで》に怪しむ可《べ》し
其の毒亦《また》加うる莫《な》し
忿《いきどお》れる腹は封豕《ほうし》の若《ごと》く
怒《いか》れる目は猶《なお》呉《ご》蛙《あ》のごとし
庖煎《ほうぜん》苟《いや》しくも所《ところ》を失《しっ》せば
喉《のど》に入《い》りて鏌鎁《ばくや》と為《な》る

范饒州坐中
客語食河豚
魚
春洲生荻芽
春岸飛楊花
河豚當是時
貴不數魚鰕
其狀已可怪
其毒亦莫加
忿腹若封豕
怒目猶吳蛙
庖煎苟失所
入喉爲鏌鎁

生命《イノチ》トラレルクライナラ
イッソ食ベナキャイイノニト
江南《コウナン》ノ人ニ問ウタレバ
口ヲソロエテ言イツノル
コンナニ美味《ウマ》イモノハナイ
バタバタ死ヌダト馬鹿イウナ
ワシガ言ウテモ聞キヤセヌ
ヤレヤレコレジャ仕様《シヨウ》ガナイ
韓愈《カンユ》ガ広東《カントン》ニ行ッタトキ
ハジメハ蛇ニ箸《ハシ》ガ出ズ

此《かく》の若《ごと》く軀体《くたい》を喪《うしな》わば
何《なん》ぞ歯牙《しが》に資《し》するを須《もち》いん
持《じ》して南方の人に問えば
党護《とうご》して復《ま》た矜誇《きょうこ》す
皆言う美《うま》きこと度《はか》り無し
誰《たれ》か謂《い》う死すること麻《あさ》の如《ごと》しと
我《われ》語れど屈《くつ》する能《あた》わず
自《みずか》ら思いて空《むな》しく咄嗟《とっさ》す
退之《たいし》潮陽《ちょうよう》に来たり
始め籠蛇《ろうだ》を餐《さん》するを憚《はばか》り

若此喪軀體
何須資齒牙
持問南方人
黨護復矜誇
皆言美無度
誰謂死如麻
我語不能屈
自思空咄嗟
退之來潮陽
始憚餐籠蛇

柳州《リユウシユウ》ニイタ宗元《ソウゲン》ハ
カエル料理ニパクツイタ
気色《キショク》ノワルイ蛇カエル
食ベテモ別ニ死ニハセヌ
天下一品ノ河豚《フグ》ダケハ
ユメユメ油断スルナカレ
美女ト魔性《マショウ》ハウラオモテ
コノコト肝《キモ》ニ銘《メイ》ズベシ

子《し》厚柳州《こうりゅうしゅう》に居《お》り
而《しこう》して甘んじて蝦蟇《がま》を食《くら》う
二物《にぶつ》憎む可《べ》しと雖《いえど》も
性命《せいめい》に舛差《せんさ》無し
斯《こ》の味嘗《かつ》て比《たぐ》いせざれど
中に禍《わざわ》いの涯《はて》無きを蔵《ぞう》す
甚《はなは》だ美なるは悪も亦《また》称《かな》う
此《こ》の言《げん》誠に嘉《よみ》す可《べ》し

子厚居柳州
而甘食蝦蟇
二物雖可憎
性命無舛差
斯味嘗不比
中藏禍無涯
甚美悪亦稱
此言誠可嘉

NHKテレビで「中国で唯一のフグ解禁の島」というアジアレポートが放映されたのは、一九九三年六月二十一日のことだ。中国の河豚《ふぐ》事情はそれまでほとんど不明だったのである。その内容を要約すると、「中国では毎年かなりの数の河豚中毒死が発生しているので、政府は河豚の漁獲と食用を禁止してきた。しかし、ひそかに食べる人はあとを絶たず、政府はこのほど市場開放の一環として、とりあえず長江《ちょうこう》河口の崇明島《すうめいとう》の一漁村にかぎって河豚料理店の開店を認め、二人の河豚調理師を公認した。河豚はすべて黄色系のメフグで毒性がある。漁獲は崇明島の漁船と漁師にのみ認められる。調理法は毒性の強い内臓を除去し、ていねいに水で洗ったあと包丁でブツ切りにし、大《おお》鍋《なべ》に入れて油で炒《いた》め、塩・胡椒《こしょう》で味をととのえるだけで、スープとともに食べるという簡単なもの。フグサシのような料理はないようだ」とある。

料理法が大陸風で大まかなので、繊細さを求める日本人の舌にあうかどうか。

さて、梅尭臣《ばいぎょうしん》（一〇〇二―一〇六〇）だが、詩の名声とはうらはらに、地方の中級官吏として生涯の大半を過ごした。北京の代表的文化人であり高級官僚でもあった欧陽修《おうようしゅう》は、梅尭臣の詩集の序文に「詩の能《よ》く人を窮するに非《あら》ず、殆《ほとん》ど窮する者にして後工《たく》み也《なり》」と書いた。詩が人を窮地に追いやるのではなく、窮地にあってはじめて良い詩ができるというのである。

欧陽修はつねに梅尭臣に目をかけ、科挙《かきょ》の試験の試験官に彼を抜擢《ばってき》した。このときから科挙の試験は、それまでの美文調を排して、現実を実写する達意の詩文を重視することとなった。こうして合格した者の中に蘇軾《そしょく》・蘇轍《そてつ》兄弟や曾鞏《そうきょう》ら後世に大きな影響を与える傑物がいたのである。梅尭臣は彼等から師と仰がれたが、三年後、宋《そう》の首都汴京《べんけい》をおそった伝染病にかかり、五十九歳の生涯を閉じた。家庭を愛し、妻や子を詠んだ詩も多い。

梅尭臣の詩作の特徴の一つは、じつにさまざまな動物を詠んだことである。今回取りあげた河豚、泥鰌《どじょう》とそれにまつわる豚や蛇や蟇《がま》をはじめ、犬、猫、鼠《ねずみ》、兎《うさぎ》、鶏、烏《からす》、さらには蛆虫《うじむし》や虱《しらみ》、蠅《はえ》、蚊、蜂《はち》、蚯蚓《みみず》まで、ほかの詩人なら見向きもしないような小動物を詠んで、時にその中に現実風刺の思いをこめた。

「河豚魚《かとんぎょ》」の詩を見てみよう。「范饒州《はんじょうしゅう》」とはのちに宰相《さいしょう》となった范仲淹《はんちゅうえん》のことで、当時政治を批判したため江西《こうせい》省饒州の長官に左遷されていた。「坐中《ざちゅう》」とは一座のなか、ここでは范が催した宴席のなかの意。

水辺の荻《おぎ》が芽を出し、柳絮《りゅうじょ》（楊花《ようか》）が綿のように舞う春のさかりが河豚のもっとも美味な時期だというのである。蘇州《そしゅう》の三つの味覚に、蘆芽《ろが》の料理と蓴菜《じゅんさい》の羹《あつもの》、それに鱸魚《ろぎょ》の膾《なます》というのがある。「荻芽《てきが》」も蘆芽と同じくやわらかくて美味である。鱸魚はハゼに似てもっと大きく、呉淞江《ウースンこう》（現・蘇州河）上流のものは鰓《えら》が四つあり、格別の味とされる。この戯訳では魚を鱸魚と想定してスズキとふりがなをつけた。わが国のスズキも美味であるが、厳密には種類の異なる魚である。

「封豕《ほうし》」は大きな豚。「呉蛙《ごあ》」には越王勾践《えつおうこうせん》が頭を下げたという不敵な蛙《かえる》の故事がある。「庖煎《ほうぜん》」は料理の技。「鏌鋣《ばくや》」は呉《ご》の刀工干将《かんしょう》の妻の名で、呉王闔閭《こうりょ》に捧《ささ》げる名刀を鋳《い》るさい、炉に身を投じて剣の完成を祈った。その犠牲《いけにえ》によってできた宝剣二振の名を干将・鏌鋣という。

「党護《とうご》」は徒党を組んで弁護するさま。「矜誇《きょうこ》」は自慢すること。「如麻」は一般に物や心の乱れるさまをいうが、ここでは数の多いさまをいっている。「咄嗟《とつさ》」は舌うちすること。

「退之《たいし》」は中唐《ちゅうとう》の文豪で政治家の韓愈《かんゆ》の字《あざな》。広東《カントン》省潮州《ちょうしゅう》の長官に左遷されたときの逸話。「籠《ろう》蛇《だ》」は食用のため籠《かご》に飼われている蛇である。

「子厚《しこう》」はやはり中唐の詩人柳宗元《りゅうそうげん》の字。同じころ広西《カンシー》省柳州《りゅうしゅう》に流されていた。「舛差《せんさ》」はまちがい。

「甚美」の句は『春秋左氏伝《しゅんじゅうさしでん》』中の故事。子霊《しれい》の妻は美人であったが三夫一君一子を殺した。のち晋《しん》の叔向《しゅくぎょう》が絶世の美女を娶《めと》ろうとしたとき、このことを例にその母が諫《いさ》めた言葉が「甚《はなは》だ美なるは悪も亦《また》称《かな》う」である。「称」はつりあうの意。わが国で「薔薇《ばら》に刺《とげ》あり」とか「美味《おいし》いものには毒気がある」というのも似たような意味である。

泥鰌《ドジョウ》ハ河豚《フグ》ヨリバカ美味《ウマ》ダ

泥鰌《ドジョウ》ハ魚《サカナ》ノゲテモノデ
オ偉イサンハ食ベナンダ
ソノウエ跳《ハ》ネタリ滑ッタリ
サバク板前テコズラス
焼イタクライジャ生《ナマ》グサク
トッテモ食エタ物ジャナイ
江《コウ》サン湖南《コナン》デ宮仕エ
泥鰌ノ蒸シ焼キオ手ノモノ
キノウ馳走《チソウ》ニアズカッタ
コレハ河豚《フグ》ヨリバカ美味《ウマ》ダ
ゲテモノダッテ腕シダイ
味ツケシダイトイウコトカ

江鄰幾《こうりんき》鰌《しゅう》を饌《せん》す　梅堯臣《ばいぎょうしん》

泥鰌《でいしゅう》は魚《うお》の下《げ》にして
曾《かつ》て嘉賓《かひん》に享《きょう》せず
又太《またはなは》だ健滑《けんかつ》なるを嫌《いと》い
治《ち》洗庖人《せんほうじん》を煩《わずら》わす
煎炙《せんしゃ》すれば亦苦《またはなは》だ腥《なまぐさ》く
未《いま》だ嘗《かつ》て輒《たやす》く脣《くち》に向かわず
江侯《こうこう》は昔南《みなみ》に官たり
家善《よ》く此《こ》の珍《ちん》を蒸《む》す
昨日《さくじつ》我を邀《むか》えて餐《さん》せしむ
箸《はし》を下《くだ》せば紫鱗《しりん》に勝《まさ》る
乃《すなわ》ち知る至賤《しせん》の品も
唯甘辛《ただかんしん》を調《ちょう》するに在りと

江鄰幾饌鰌
泥鰌魚之下
曾不享嘉賓
又嫌太健滑
治洗煩庖人
煎炙亦苦腥
未嘗輒向脣
江侯昔南官
家善烝此珍
昨日邀我餐
下筯勝紫鱗
乃知至賤品
唯在調甘辛

泥鰌《どじょう》の詩である。江鄰幾《こうりんき》は梅尭臣《ばいぎょうしん》の詩友。尭臣と同じころ都で同じ伝染病のために四十六歳で死んだ。

「饌《せん》」はご馳走《ちそう》。「治洗《ちせん》」は料理の下ごしらえ。「輒《ちょう》」には、たやすく、すなわちの二つの意味があるが、この詩ではたやすくの意に使っている。

「江侯」は江鄰幾のこと。「邀《よう》」は、迎える、待ちうける。邀飲、邀撃などの熟語がある。「紫鱗《しりん》」の「紫」は天子・神仙にかなう色で、「紫鱗」は魚類の王さま。さしずめ鯛《たい》などであろうが、ここでは前の詩との取りあわせで河豚《ふぐ》とした。

「河豚は食いたし命は惜しし」は昔、今は「河豚は食いたし値は高し」で気楽には食べられない。そこへいくと刻み葱《ねぎ》をたっぷり入れた〈どぜう鍋《なべ》で一杯〉の楽しさは庶民のもの。そのことを言いたくて、この詩を取りあげた。

惜別のうた

キミハ空ユク チギレ雲

青キヤマナミ北ノカタ
東ニヒカル川ノナミ
ヒトタビ町ヲ去リユケバ
木《コ》枯《ガラ》シニ舞ウ根《ネ》ナシ草《グサ》
キミハ空ユクチギレ雲
沈ム夕《ユウ》陽《ヒ》ハワガウレイ
サラバト友ノムチ鳴レバ
馬イナナキテ逡巡《シュンジュン》ス

友人を送る　李白《りはく》

青山《せいざん》北郭《ほっかく》に横たわり
白水《はくすい》東城《とうじょう》を遶《めぐ》る
此《こ》の地一たび別れを為《な》せば
孤《こ》蓬《ほう》万里《ばんり》を征《ゆ》く
浮雲は遊子《ゆうし》の意《こころ》
落日《らくじつ》は故人《こじん》の情《じょう》
手を揮《ふる》って茲《ここ》自《よ》り去れば
蕭蕭《しょうしょう》として班馬《はんば》鳴《な》く

送友人

青山横北郭
白水遶東城
此地一爲別
孤蓬萬里征
浮雲遊子意
落日故人情
揮手自茲去
蕭蕭班馬鳴

平成五年五月九日、朝日新聞朝刊の「折々のうた」に『台湾万葉集』の編著者、呉建堂《ごけんどう》氏の歌が孤蓬万里《こほうばんり》という筆名で紹介された。「万葉の流れこの地に留《とど》めむと生命《いのち》のかぎり短歌《うた》詠みゆかむ」

それから六月六日までの間に、呉氏をふくむ十九人の台湾の歌人の作品三十五首が「折々のうた」に取りあげられて話題となり、多くの日本人を感動させた。

『台湾万葉集』の約五千首は、正・続二冊の大冊となって集英社から出版された。

日本人は天平《てんぴょう》時代（八世紀）以来漢詩文に親しみ、多くの漢詩人を生んで現代に至ったが、和歌が外国人によって日常的に詠まれた例は、この『台湾万葉集』をおいて絶無《ぜつむ》であろう。「日本語のすでにすたれた台湾において、日本独特の短歌を詠むのは、孤蓬すなわち根なし草が万里を行くようなもの」と、呉建堂氏はあとがきで自らのペンネームの「孤蓬万里」が李白《りはく》の詩「送友人」に由来すると述べている。この「送友人」も李白の代表作の一つで、『唐詩選《とうしせん》』に入っている。

「北郭《ほっかく》」も「東城《とうじょう》」も、町の方角を示す。「孤蓬」は、寒風に根こそぎ吹きとばされ、毬《まり》のように野原をころがる一本の蓬《よもぎ》、根なし草、寄るべなき身の上。「遊子《ゆうし》」は旅人、「故人《こじん》」はその友、ここでは作者。「蕭蕭《しょうしょう》」は馬の嘶《いなな》くさま。「班馬《はんば》」は『易経《えききょう》』の「馬に乗るも班如《はんじょ》たり」を典故《てんこ》とする。「班如」とはためらって気の進まぬさまをいう。

黄鶴楼《コウカクロウ》ヲアトニシテ

ワガヨキ友ハ西ノカタ
黄鶴楼《コウカクロウ》ヲアトニシテ
カスミト匂《ニオ》ウ花弥生《ハナヤヨイ》
イマ揚州《ヨウシユウ》へ去ラントス
戎克《ジャンク》ノ帆影《ホカゲ》遠ザカリ
紺碧《コンペキ》ノ空へ消ユルトキ
見ヨ長江《チヨウコウ》ノ水ノイロ
天ノキワミニ流レ入ル

黄鶴楼《こうかくろう》にて孟浩然《もうこうねん》が広陵《こうりょう》へ之《ゆ》くを送る　李白《りはく》

故人《こじん》西のかた黄鶴楼を辞し
煙花《えんか》三月揚州《ようしゅう》へ下《くだ》る
孤帆《こはん》の遠影碧空《へきくう》に尽き
唯《た》だ見る長江《ちょうこう》の天際《てんさい》に流るるを

黄鶴樓送孟浩然
之廣陵

故人西辭黄鶴樓
煙花三月下揚州
孤帆遠影碧空盡
唯見長江天際流

李白《りはく》の敬愛していた盛唐《せいとう》の詩人孟浩然《もうこうねん》が、武昌《ぶしょう》から広陵《こうりょう》へ旅立つのを送る詩。古くから日本人に愛誦《あいしょう》されてきた七言絶句で、気宇壮大《きうそうだい》な送別歌として名高い。

「黄鶴楼《こうかくろう》」は武漢三鎮《ぶかんさんちん》の武昌の西、長江《ちょうこう》を望んで建てられた高楼《こうろう》。現在はコンクリート造りである。仙人が酒家の壁に描いた鶴の物語で名高い。その物語とは、『太平寰宇記《たいへいかんうき》』という宋《そう》代の地理書によれば、費文褘《ひぶんい》という蜀《しょく》の将軍が仙人になり、いつも黄色い鶴にのってここに来て休んだので、その名がついたと伝える。

創建は呉《ご》の黄武二年（二二三）で、唐の詩人崔顥《さいこう》（七〇四頃―七五四）は「昔人《せきじん》すでに黄鶴に乗りて去り、此の地空しく余《のこ》す黄鶴楼。黄鶴一《ひと》たび去って復《ま》た返らず、白雲千載《はくうんせんざい》空しく悠悠《ゆうゆう》」と詠んだ。李白が「この崔顥の詩以上にこの地の風景を言いあらわすことはできない」と言ったことで、黄鶴楼の名声はますます高くなった。この詩は三十歳のころの作とも三十七歳の作ともいわれる。この年代、李白は孟浩然と親しく交わっていた。

「広陵」は詩中の「揚州《ようしゅう》」に同じ。郡名を広陵、州名を揚州とよんだ。当時繁栄した長江下流北岸の商業都市である。「煙花」は、かすみ棚引く春景色。「孤帆」を戯訳では戎克《ジャンク》としたが、中国の伝統的な船型である。唐代にはすでにその祖型《そけい》が数多く就航していた。

宿ノ柳モ　ワカレヲ惜シム

元二《げんじ》の安西《あんせい》に使《つかい》するを送《おく》る　王維《おうい》

送元二使安西
渭城朝雨浥輕塵
客舎靑靑柳色新
勸君更盡一杯酒
西出陽關無故人

渭城《いじょう》の朝雨《ちょうう》軽塵《けいじん》を浥《うるお》し
客舎青青《かくしゃせいせい》柳色新たなり
君に勧《すす》む更に尽くせ一杯の酒
西のかた陽関《ようかん》を出ずれば故人《こじん》無からん

明ケリャ品川《シナガワ》春雨ケブリ
宿ノ柳モワカレヲ惜シム
サアサホシマセ重《カサ》ネテヒトツ
箱根《ハコネ》越エタラ身寄《ミヨ》リハナイゾ

盛唐《せいとう》期の大詩人、王維《おうい》（六九九頃―七六一）は太原《たいげん》（山西《さんせい》省）の名門の出である。五人兄弟の長男で、次男の縉《しん》とともに幼児より俊才の誉《ほま》れ高く、王維は粛宗《しゅくそう》の尚書右丞《しょうしょうじょう》（内閣官房長官）となり、王縉は次の代宗《だいそう》の宰相《さいしょう》となった。しかし、その行路は決して平坦《へいたん》なものではなかった。

王維は十五歳のとき、ひとり長安《ちょうあん》に出て、受験準備をするかたわら、詩才とともに弾琴をもって長安の社交界で知られる存在となった。十九歳で京兆府試《けいちょうふし》（科挙《かきょ》の予備試験）に首席で合格し、二十一歳で進士《しんし》に合格、太楽丞《たいがくじょう》（音楽担当官）に任ぜられ、一躍社交界のスターとなった。だが、好事魔多し。ねたむ者も多かったのだろう。済州《せいしゅう》の司曹参軍《しそうさんぐん》（経理担当官）に左遷された。二十八歳の秋、蜀《しょく》へ転任したが、小官吏の地位に変わりなく、その後も河南《かなん》・陝西《せんせい》の各地を転々とした。妻を亡《な》くしたのもこのころである。以後、王維は生涯を独身でとおした。

この詩は王維の詩のなかでももっともよく知られ、「陽関三畳《ようかんさんじょう》」ともよばれた。送別の宴で、結句が三度繰りかえして歌われたことによる。わが国の詩吟では、訓読の全句を吟じたあと、「無からん、無からん、故人《こじん》無からん、西のかた陽関《ようかん》を出ずれば故人無からん」とさらに二度繰りかえす。

「元二」の「元」は姓で、「二」は次男坊の意に近い。人物については不詳。安西《あんせい》は現在の新疆《しんきょう》ウイグル自治区、庫車《ク・チャ》付近にあった唐代の安西都護府《あんせいとごふ》。「渭城《いじょう》」は長安と渭水《いすい》をへだてた対岸の宿場町。西・北への旅人を長安の親族・友人らがここまで泊まりがけで来て見送った。

わが国では江戸時代、東海道を西へ旅立つ人を、親しい人々が品川《しながわ》の宿《しゅく》まで送って一泊し、送別の宴でこの詩を吟じたという。そこで私は、渭城を品川に、陽関を箱根《はこね》の関《せき》に読みかえて訳した。

雲《クモ》ハナガレテ果《ハ》テモナイ

送別《そうべつ》　王維《おうい》

馬を下りて君に酒を飲ましむ
君に問う何《いず》れに之《ゆ》く所ぞ
君は言う意を得ず
帰りて南山《なんざん》の陲《ほとり》に臥《ふ》すと
但《た》だ去れ復《ま》た問うこと莫《な》からん
白雲《はくうん》は尽くる時無し

送別
下馬飲君酒
問君何所之
君言不得意
歸臥南山陲
但去莫復問
白雲無盡時

ココニ別レノサケヲクミ
キミノユクスエ案《アン》ジタガ
キミノ人生ママナラズ
伊豆《イズ》ノアタリヘ籠《コ》モルトカ
サラバ問ウマイソノサキハ
雲ハナガレテ果テモナイ

王維《おうい》は三十六歳のとき、宰相《さいしょう》張九齢《ちょうきゅうれい》によって右拾遺《うしゅうい》に抜擢《ばってき》された。天子の側近に仕え、天子の過《あやま》ちを諌《いさ》める役職で、主に文筆の士が任ぜられる栄職である。この二年後に張九齢は政敵李林甫《りりんぽ》と争って敗れ、荊州《けいしゅう》に左遷されるが、王維は終生張九齢の恩を忘れることはなかった。

五十二歳のとき母が没し、王維は官職を辞し輞川荘《もうせんそう》で三年の喪に服した。喪が明けて、文部郎中《もんぶろうちゅう》（局長級）となり、さらに給事中《きゅうじちゅう》（侍従）となったとき、安禄山《あんろくざん》の乱が勃発《ぼっぱつ》した。王維は賊軍に捕えられ、強制的に給事中に任命された。翌年十月、政府軍に救出されたが、偽政府についたとして罪に問われた。当時刑部侍郎《けいぶじろう》（法務次官）だった弟の縉《しん》が、自らの辞職と交換に兄の罪を償おうと手をつくし、王維の平常の功績も勘案されて、一階級降格されただけでおさまった。王維すでに五十九歳、平穏な晩年が訪れた。六十二歳で尚書右丞《しょうしょうじょう》に昇格。その生涯を官僚として過ごしながら、詩・書画・音楽の風雅を楽しんだ王維の生活態度を、後世の人は「半官半隠」と称して、身の処し方の一つの手本とした。六十三歳で卒《しゅっ》したという。

この詩の一行目は、馬から下りて、路傍の酒亭で別れの酒を酌む情景であろうか。私の戯訳は、定年を迎えたサラリーマンの心境に即した内容となっているので、「南山陲」（終南山《しゅうなんざん》の麓《ふもと》）を伊豆《いず》におきかえ、白雲が流れる秋空が背景となった。一方、オーソドックスな解題では、「白雲」は隠遁《いんとん》生活の象徴で、「帰臥」が隠遁を意味するという。つまり終南山にかかる白雲を相手に暮らそうという、王維の自問自答の詩ということである。

葡萄《ブドウ》ノ美酒《ウマサケ》 夜《ヤ》光《コウ》杯《ハイ》

涼州詞《りょうしゅうし》 王翰《おうかん》

葡萄《ブドウ》ノ美酒《ウマサケ》夜《ヤ》光杯《コウハイ》
トクトクトクトイザ飲マン
友ハ奏《カナ》デル琵琶《ビワ》ノ曲
馬ニマタガリ弾《ヒ》キハヤス
君ヨ笑ウナ酔イシレテ
砂漠マクラニ眠ルトモ
戦《イク》サニ征《ユ》キシツワモノガ
幾人《イクタリ》生キテ帰リシヤ

葡萄《ぶどう》の美酒夜光《やこう》の杯《はい》
飲まんと欲《す》れば琵琶《びわ》馬上に催《うなが》す
酔うて沙場《さじょう》に臥《ふ》すとも君笑う莫《な》かれ
古来征戦幾人か回《かえ》る

①涼州詞
葡萄美酒夜光杯
欲飲琵琶馬上催
醉臥沙場君莫笑
古來征戰幾人回

ココハ地ノ果《ハ》テ 春サエ来ナイ

涼州詞《りょうしゅうし》 王之渙《おうしかん》

黄河《コウガ》ノミナモト雲湧《ワ》クアタリ
ソビエル山ニ小サナトリデ
イカナ悲《ヒ》笛《テキ》ノ音《ネ》色《イロ》モムナシ
ココハ地ノ果テ春サエ来ナイ

黄河《こうが》遠く上《のぼ》る白雲《はくうん》の間《かん》
一片の孤城万仞《ばんじん》の山
羌笛《きょうてき》何《なん》ぞ須《もち》いん楊柳《ようりゅう》を怨《うら》むを
春光《しゅんこう》度《わた》らず玉門関《ぎょくもんかん》

②涼州詞
黄河遠上白雲間
一片孤城萬仞山
羌笛何須怨楊柳
春光不度玉門關

「辺塞詩《へんさいし》」は、中国六朝《りくちょう》末から唐《とう》代（六世紀—八世紀）にかけての戦場をテーマにした詩で、その背景は、いわゆる西域における遊牧民族（モンゴル族、トルコ族、ウイグル族、チベット族等）との戦いであった。辺塞とは、「辺境防備の砦《とりで》」のことである。

遊牧民族は騎馬の術に長《た》け、当時はなはだ好戦的で、しばしば中原《ちゅうげん》の地をおかした。もっとも強力であった匈奴《きょうど》（モンゴル系）に対しては万里《ばんり》の長城《ちょうじょう》が防衛線となったが、西域には長城のような砦はなかった。

国力が衰えると西域は外敵のおそうところとなり、その防衛基地に玉門関《ぎょくもんかん》（玉関）があった。こんにち観光客が踵《きびす》を接するようにして訪れる敦煌《とんこう》の西北約八十キロの地点にあり、小さいながらも今も城壁が残っている。もう一つ、王維《おうい》の「西のかた陽関《ようかん》を出ずれば故人《こじん》無からん」で名高い陽関はすでに廃墟《はいきょ》と化しているが、敦煌の西南約七十キロの地点にあった。この二つの基地はともにシルクロードの交通の要衝でもあった。玉門関は西域北道の、陽関は西域南道の、それぞれ関所の役割を果たしていた。

シルクロードは、西域北道と西域南道を一括して天山南路《てんざんなんろ》とよび、このほかに天山北路《てんざんほくろ》がある。これら三つのシルクロードは東進してやがて一本に合して河西回廊《かせいかいろう》となる。この回廊の重要な交易《こうえき》都市に涼州《りょうしゅう》（現・甘粛《かんしゅく》省武威《ぶい》市）があった。当時、中国産の絹製品や陶磁器と交換に、宝玉、ガラス器、楽器、ワイン等々さまざまな異国情緒に満ちた産物がペルシャ人やアラビア人等によってもたらされ、それとともに西方の歌曲もこの地で流行した。この西域情緒たっぷりな歌曲にあわせて作られた詩が「涼州詞《りょうしゅうし》」である。

①はその「涼州詞」のなかでももっともよく愛誦《あいしょう》されている。葡萄酒《ぶどうしゅ》、夜光杯《やこうはい》、琵琶《びわ》はいずれも西域渡来の産物である。現在では夜光杯は、嘉峪関《かよくかん》に近い酒泉《しゅせん》市の主要な産物となっている。「催」は催促する、せきたてるの意。「沙場《さじょう》」は砂漠のことだが、石と砂のまじった沙磧《させき》もまた沙場である。

王翰《おうかん》（六八七頃―七二六頃）は盛唐《せいとう》の詩人。時の宰相《さいしょう》張説《ちょうえつ》の推挙によって世に出たが、豪放《ごうほう》磊落《らいらく》の半面酒色にふけり、張説の失脚とともに左遷され、地方を転々として不遇のうちに死んだ。

②の詩には玉門関が出てくるが、玉門関は「万仞《ばんじん》の山」にかこまれてはいない。しかし、玉門関の東南には祁連《きれん》山脈が、西南には崑崙《こんろん》山脈が、西北には天山山脈があって、五千メートル級の山々がそびえている。当時黄河《こうが》の源は崑崙山中にあると考えられていた（実際は青海《せいかい》省南部）。

作者の王之《おうし》渙《かん》（六八八―七四二）は役人生活が短く、西域に行ったことはない。だいたい「辺塞詩」の作者たちは想像の上で詩を作ったのである。「羌笛《きょうてき》」の「羌」とはチベット系種族の名で、「笛」は竹笛とされている。「何須怨楊柳」とは、別れの曲「折楊柳《せつようりゅう》」を嘆くがごとく奏《かな》でる必要はないという意味である。

楼蘭《ロウラン》ノ城《シロ》 落トサズバ

従軍行《じゅうぐんこう》　王昌齢《おうしょうれい》

青キミズウミ雪ノ山
　雲サムザムト重ナリヌ
最前線《サイゼンセン》ノトリデヨリ
　ハルカニノゾム玉門関《ギョクモンカン》
百タビ砂漠ニ戦ッテ
　堅《カタ》キヨロイモ傷アマタ
楼蘭《ロウラン》ノ城《シロ》落トサズバ
　故国ニ帰ルコトアラジ

青海《せいかい》の長《ちょう》 雲雪山《うんせつざん》暗し
孤城遥《はる》かに望む玉《ぎょく》 門関《もんかん》
黄沙《こうさ》百戦金甲《きんこう》を穿《うが》つも
楼蘭《ろうらん》を破らずんば終《つい》に還《かえ》らじ

従軍行
青海長雲暗雪山
孤城遙望玉門關
黄沙百戰穿金甲
不破樓蘭終不還

玉門関《ぎょくもんかん》の西にはロブノール湖があり、そのほとりには異国の都、楼蘭《ろうらん》が栄えていた。こんにち、この二つはタクラマカン砂漠のなかに忽然《こつぜん》と姿を没してしまっている。しかし、「辺塞詩《へんさいし》」が作られた当時はロブノールも楼蘭も現実に存在したのである。「辺塞詩」は悲歌であるが、この「従《じゅう》軍行《ぐんこう》」は、気宇の壮大さにおいてわれわれの心をひきつける。

「青海」は青海《せいかい》省の大塩水湖ココノール（青海）とする説もあるが、この詩では単に青い湖としたほうが分かりやすい（むしろロブノールかもしれない）。最後に楼蘭が出てくるからである。玉門関の外に突出した最前線の要塞《ようさい》を想定して、王昌齢《おうしょうれい》（六九八頃―七五七頃）はこの詩を作ったのだろう。

王昌齢は二十四歳で進士《しんし》に合格し、秘書省校書部となったものの、礼法を無視するなど気ままな性格がわざわいして転々と左遷された。安禄山《あんろくざん》の乱のとき、混乱にまぎれて勝手に郷里の太原《たいげん》に帰ったため、最後は太原の刺史《しし》（知事）に憎まれて殺された。古来、詩人には狷介不羈《けんかいふき》の士が多いのである。

王昌齢の詩人としての文名は高く、辺塞詩をはじめ宮怨《きゅうえん》、閨怨《けいえん》、送別などの広い分野ですぐれた詩を残している。

タレカ故郷ヲ思ワザル

春夜《しゅんや》洛城《らくじょう》に笛《ふえ》を聞《き》く　李《り》白《はく》

誰《タ》ガ笛ノ音《ネ》ゾ夜ノ町ヲ
春風《ハルカゼ》ニノリナガレクル
別レノ曲ノヒトフシニ
タレカ故郷ヲ思ワザル

誰《た》が家《いえ》の玉笛《ぎょくてき》ぞ暗《あん》に声を飛ばし
散《さん》じて春風《しゅんぷう》に入り洛城《らくじょう》に満つ
此《こ》の夜《よ》曲中折柳《せつりゅう》を聞く
何人《なんぴと》か故園の情《じょう》を起こさざらん

春夜洛城聞笛
誰家玉笛暗飛聲
散入春風滿洛城
此夜曲中聞折柳
何人不起故園情

私の通った戦時中の日本人学校で、副読本として使われた教材のなかにこんな紙芝居があった。物語の主人公は少年時代の李白《りはく》。腕白で勉強が大嫌いであった。ある日河原で遊んでいると、ひとりの老婆が、石で鉄の棒を研《と》いでいた。「おばあさん、何をしているの?」とたずねると、老婆は「針をつくっているのさ」と答えた。李白は目を丸くして「こんな太い棒じゃ何年かかっても針になりっこないよ」と叫んだ。紙芝居を演じていた先生は、ここで中国語をまじえて老婆の声色《こわいろ》でこう言ったのである。「李白《リーパイ》や、コンタォツゥランチョンだよ、コンタォツゥランチョン」「そうして、おばあさんはパッと煙となって消えてしまいました。あとには一本の針が光っていました。おばあさんは仙人だったのです」「コンタォツゥランチョンというのは、一生懸命努力すれば必ず叶えられるということです。李白はこのことばを胸に修業をかさね立派な詩人になりました。君たちもこのことを忘れずに勉強して下さい。ハイ、今日はこれでオシマイ」。

小学六年生、これが李白との出会いである。後年、これが「功到自然成」という熟語であることを教えてくれたのは畏友《いゆう》K氏であった。この紙芝居の題は「磨杵成針」という。

この詩も『唐詩選《とうしせん》』に入っている。「誰家」はどこの、誰の、の意、家を軽くそえた用法。「玉《ぎょく》笛《てき》」は玉《ぎょく》で作った笛、また美しい音色を奏《かな》でる笛。「暗」はくらやみの意。「折柳《せつりゅう》」は折柳曲の略、楽府《がふ》「横吹曲」(武楽)の一つで、送別の曲である。終句の訳の「タレカ故郷ヲ思ワザル」の典故《てんこ》は、西條八十《さいじょうやそ》作詞、古賀政男《こがまさお》作曲「誰か故郷を想わざる」である。夭折《ようせつ》の歌人寺山修司《てらやましゅうじ》の自伝にも『誰か故郷を思はざる』がある。

別レガタサニ酒ノ日カサネ

魯郡《ろぐん》の東《ひがし》 石門《せきもん》にて杜二甫《とにほ》を送《おく》る　李白《りはく》
別レガタサニ酒ノ日カサネ
山へ行ッタリ水辺《ミズベ》ヲタドル
石門山《セキモンザン》デ別レテノチハ
再ビ君ト酌《ク》ム日ハアラジ
秋ノサザナミ泗水《シスイ》ヲワタリ
空ノ青サヨ徂徠《ソライ》ノ山ヨ
根ナシ草ナル二人ハココノ
森デ名残《ナゴリ》ノサカズキ挙《ア》ゲン
酔別《すいべつ》復《ま》た幾日ぞ
登臨池台《とうりんちだい》に偏《あまね》し
何《なん》ぞ言わん石門の路《みち》
重ねて金樽《きんそん》の開く有《あ》らんと
秋波《しゅうは》泗水《しすい》に落ち
海色《かいしょく》徂徠《そらい》に明らかなり
飛蓬《ひほう》各自《かくじ》遠し
且《しばら》くは林中の盃《さかずき》を尽くさん
魯郡東石門
送杜二甫

醉別復幾日
登臨徧池臺
何言石門路
重有金樽開
秋波落泗水
海色明徂徠
飛蓬各自遠
且盡林中盃

酒がなければ李白《りはく》の詩の多くは存在しなかっただろうが、酒が原因で彼はつぎのような失脚を招いたのである。

李白は、七四二年秋、道士呉筠《ごいん》と高級官僚賀知章《がちしょう》の推挙により翰林供奉《かんりんきようほう》（侍従）となり、ときには玄宗《げんそう》皇帝に召されるようにもなった。杜甫《とほ》がそのころの李白の姿を活写している。「李白は一斗にして詩百篇《ぺん》、長安《ちょうあん》市上酒家に眠る、天子呼び来れども船に上《のぼ》らず、自《みずか》ら称す臣は是《こ》れ酒中の仙と」（「飲中八仙歌《いんちゅうはっせんか》」）。また、あるとき、召される前に、天子寵愛《ちょうあい》の宦官高力士《かんがんこうりきし》に足をつき出して靴を履きかえさせた。これを根に持った高力士は、李白が玄宗の命に応じて作った詩「清平《せいへい》調詞《ちょうし》」のなかで、楊貴妃《ようきひ》を傾国《けいこく》の美女飛燕《ひえん》になぞらえたのは無礼であると難癖をつけ、玄宗に讒《ざん》言《げん》した。このため、李白は二年たらずで翰林を追放された。

七四四年春、長安を去った李白は、その夏洛陽《らくよう》ではじめて杜甫と出会った。李白四十四歳、杜甫は三十三歳だった。この年から翌年にかけて、李白は杜甫をともなって梁《りょう》・宋《そう》（河南《かなん》省）の地を旅行した。李白の名声は天下に鳴りひびいていたが、杜甫はまだ無名の詩人であった。その秋、李白は杜甫と、魯郡《ろぐん》（山東《さんとう》省南西部）の石門《せきもん》山で別れ、二度と会うことはなかった。杜甫は長安での成功を夢みて去って行くのである。この送別詩に出てくる泗水《しすい》は魯郡をつらぬいて大運河にそそぐ川。「徂徠《そらい》」（山）は石門山の北東の山の名。題名中の「杜二甫《とにほ》」の「二」は排行《はいこう》である。杜一族の二番目の男子（杜甫）。「登臨《とうりん》」は山に登り水に臨むこと。「池台《ちだい》」は池のほとりの高楼。「金樽《きんそん》」は酒《さか》樽《だる》。「海色」は真っ青な色の形容。「飛蓬《ひほう》」は孤蓬に同じ、転蓬ともいう。

コンナニ愛《アイ》ガ 深《フコ》ウテハ

コンナニ愛ガ深ウテハ
　カエッテ言葉ニナラヌモノ
覚《オボ》エテイルノハ酒ヲ手ニ
　笑顔ハナカバコオリツキ
蠟燭《ロウソク》ノ火ノホソボソト
　別レヲ惜シムガニ揺レテ
ワシニ代ワッテ夜明《ヨア》ケマデ
　涙ナガシテクレタコト

別《わか》れに贈《おく》る　杜《と》牧《ぼく》

多情は却《かえ》って似たり総《す》べて無情なるに
唯《ただ》覚ゆ樽《たる》を前に笑いの成らざるを
蠟燭心《ろうそくこころ》　有りて還《かえ》って別れを惜しみ
人に替わりて涙を垂れて天明《てんめい》に到《いた》る

贈別

多情却似總無情
唯覺罇前笑不成
蠟燭有心還惜別
替人垂涙到天明

晩唐《ばんとう》の代表的な詩人である杜牧《とぼく》の詩である。「贈別」は風流才子杜牧が揚州《ようしゅう》を去るにあたって、一夜、愛人（おそらくは妓女《ぎじょ》）と別れを惜しんだ情緒纏綿《てんめん》たる相聞詩《そうもんし》。「多情」は愛情が深いこと。物ごとに感じやすく、心を痛めることの多いことで、移り気の意味ではない。「無情」は多情の反対で、つれない、薄情。「天明」は夜明け。

揚州といえば杜牧にとって、若かりしころこの地に勤務して遊興にふけり、浮名を流した思い出の地である。つぎに紹介するのは「揚州の韓綽《かんしゃく》判官《はんがん》に寄す」という詩で、韓綽の経歴は不詳だが、揚州時代に親しく交わった同僚であろう。

小暗《オグラ》キ山ノ影ウカベ
　河ハハロバロ流レユク
秋ノオワリノ江南ニ
　草枯レ落葉降リツモル
水ノ揚州《ヨウシュウ》二十四ノ
　橋ヲ明月照ラストキ
君ハイズコノ橋ノ上
　歌姫《ウタヒメ》ト笛カナデルヤ

青山《せいざん》隠隠《いんいん》として水迢迢《ちょうちょう》たり　　青山隠隠水迢迢
秋尽きて江南草木凋《しぼ》む　　秋盡江南草木凋
二十四橋明月《めいげつ》の夜《よる》　　二十四橋明月夜
玉人《ぎょくじん》何れの処にか簫《しょう》を吹くを教うる　　玉人何處教吹簫

又《マタ》トリ出シテ読ミ返ス

秋思《しゅうし》　張籍《ちょうせき》

秋ノミヤコヲ発《タ》ツ人ニ
託《タク》ス手紙ハアレコレト
ツキセヌ思イ溢《アフ》レキテ
又《マタ》トリ出シテ読ミ返ス

洛陽城裏《らくようじょうり》秋風《しゅうふう》を見る
家書《かしょ》を作らんと欲して意万重《おもいばんちょう》
復《ま》た恐る怱怱《そうそう》にして説いて尽くさざるを
行人《こうじん》発するに臨《のぞ》んで又封《またふう》を開く

秋思
洛陽城裏見秋風
欲作家書意萬重
復恐怱怱説不盡
行人臨發又開封

この詩の題「秋思《しゅうし》」は楽府《がふ》である。楽府とは音楽にあわせて作られた詞をいい、前漢《ぜんかん》時代（前二〇二—八）にはじまったが、唐《とう》代には元《もと》の歌曲は失われ、楽府の題と詩型だけが残された。当時の人々は楽府を流行歌のように口ずさんだものと思われる。

張籍《ちょうせき》（七六八頃—八三〇頃）は中唐の詩人で、和州烏江《うこう》（現・安徽《あんき》省和県）の人。楽府の名手だった。韓愈《かんゆ》の高弟で、晩年、国子学《こくしがく》という貴族の子弟や英才を教育する最高学府の教授（国子司《こくしし》業《ぎょう》）となり、白居易《はくきょい》の新楽府運動を支持した。

昔も今も、秋はホームシックにかかりやすい。わが故郷に帰る「行人《こうじん》」がいると聞いて、詩人張籍は取るものも取りあえず家に「家書《かしょ》」を書いて旅人に託そうと思った。「家書」は家族からの手紙、または家族への便り。「行人」は道行く人、旅人。「怱怱《そうそう》」とは、あわただしく心せくさま。旅人は今まさに出発しようとしている。書きたいことは「万重《ばんちょう》」（山ほど）ある。あれもこれもと思いはつきないのに筆がもどかしい。どうにかこうにか書きあげて封をしたものの、また心配になって封を開いて読み返す。そんな切実な思いがひしひしと伝わってくる。

家郷《カキョウ》ハスデニ遠《トオ》ノキヌ

朝《アシタ》ニ奏セルワガ諫書《カンショ》
天子ノ勘気蒙《コウム》リテ
夕《ユウベ》ハルケキ潮州《チョウシュウ》ニ
左遷トコトハ定マリヌ
至尊《シソン》ノタメニ凶事《マガゴト》ヲ
除カントシテ成ラザリキ
ワレ衰エノ身ヲモッテ
何《ナン》ゾ余生ヲ惜シマンヤ

左遷《させん》されて藍関《らんかん》に至《いた》り姪孫湘《てつそんしょう》に示《しめ》す　韓愈《かんゆ》

一封朝《いっぷうあした》に奏す九重《きゅうちょう》の天
夕《ゆうべ》に潮州《ちょうしゅう》に貶《へん》せらる路《みち》八千
聖明《せいめい》の為《ため》に弊事《へいじ》を除かんと欲す
肯《あえ》て衰朽《すいきゅう》を将《もっ》て残年を惜しまんや

左遷至藍關示姪孫湘

一封朝奏九重天
夕貶潮州路八千
欲爲聖明除弊事
肯將衰朽惜殘年

雲秦嶺《シンレイ》ニ横タワリ
家郷ハスデニ遠ノキヌ
雪藍関《ランカン》ノ道トザシ
ワガ馬マエニ進マザル
汝《ナンジ》ガ遠ク送リ来ル
ソノ愛別《アイベツ》ノ情胸ニ沁《シ》ム
瘴地《ショウチ》ニ果テシワガ骨ハ
汝来タリテ収《オサ》ムベシ

雲は秦嶺《しんれい》に横たわりて家何《いず》くにか在る
雪は藍関《らんかん》を擁《よう》して馬前《すす》まず
知る汝《なんじ》が遠く来たる応《まさ》に意《い》有るべし
好《よ》し吾《わ》が骨を瘴江《しょうこう》の辺《ほとり》に収めよ

雲横秦嶺家何在
雪擁藍關馬不前
知汝遠來應有意
好收吾骨瘴江邊

詩人として韓愈《かんゆ》（七六八―八二四）の最大の功績は、当時横行していた美文（四六駢儷体《べんれいたい》）を排し、達意の文としての古文を唱導し、その後の漢文の基礎を築いたことである。その影響は日本語にも及び、われわれもまたその恩恵に浴している。

二十五歳で進士《しんし》に合格するが、つぎの年から、さらに上級の博学宏詞《はくがくこうし》を受験し、三年つづけて失敗した。韓愈はこれは自分の頭が悪いのではなく、試験の内容のほうが問題だとして、時の宰相《さいしょう》に自分を中央の官職につけるよう、三回にわたって上奏文を送った。しかしいずれも黙殺され、彼は憤然として旅に出る。

三十六歳にしてようやく朝廷の監察御史《かんさつぎょし》（検察官）となったが、時の京兆尹《けいちょういん》（首都長官）の李《り》実《じつ》を弾劾《だんがい》したため、その年の冬には、広東《カントン》省陽山《ようざん》の県令《けんれい》（県の長官）に左遷される。それからも中央復帰と地方左遷を繰りかえす。

韓愈最大の事件が起きたのは五十二歳の正月のことである。彼は刑部侍郎《けいぶじろう》（法務次官）に栄進していた。時の皇帝憲宗《けんそう》は、長寿を願って神仙の霊薬を求めていたが、仏教僧のすすめで、仏舎利《ぶっしゃり》を宮中に迎えて盛大な法要をもよおした。韓愈は、皇帝がかかる軽率な行為をするべきでないと、「仏骨を論ずるの表」を上奏した。

激怒した憲宗はただちに韓愈を死刑に処そうとしたが、重臣のとりなしもあって、即日広東の潮《ちょう》州《しゅう》刺史《しし》（地方長官）に左遷されることとなった。これは、韓愈のその旅立ちの詩である。

この詩のはじめの二句はあえて物語風な説明を加えた。「藍関《らんかん》」は都長安《ちょうあん》の東南約三十キロにある宿駅。当時、旅人を見送るのに、北や西への旅立ちには渭城《いじょう》まで、南・東への旅立ちには藍関まで、親族と友人が連れ立って別れを惜しむ習慣があった。

「姪孫《てつそん》」は兄弟の孫の意。「九重天」は天子のいます宮殿。「貶《へん》」はしりぞける意。潮州への路《みち》八千里とあるが、実際には六千里弱である。

最後の句の「瘴江《しょうこう》」は川の名ではなく、マラリアなどの熱病を起こす毒気が立ちこめると考えられた華南《かなん》一帯の沼や河をいうのである。

韓愈は生来病弱であったからおそらく死を覚悟したことであろう。また一方で、この詩が都の友人らに伝えられて救済の手立てが講じられることを期待したかもしれない。事実そうなったのである。官僚としての韓愈は単に硬骨漢であっただけでなく、策略を巡らす点でもしたたかであったはずである。

あとがき

夫・松下緑は、父親が外務省にいた関係で、幼稚園のときから上海《シャンハイ》や天津《テンシン》、青島《チンタオ》で暮らし、終戦を北京《ペキン》で迎えました。

中国にいたときの友達をはじめ、あらゆるところで知己を作っていき、友達は財産だといっておりました。とくに上海時代の友達とのつきあいは羨ましいばかりでした。

元ヲタドレバ根ハヒトツ
禿頭《ハゲ》ヤ白髪《シラガ》ガ相《アイ》ツドイ
タチマチ酔ウテ歌トナル
マルデ子供ノハシャギヨウ

（韓維《かんい》・卞仲《べんちゅう》謀八老会《ぼうはちろうかい》）

しかし、上海中学校の古稀祝いの同期会から一か月後の一九九七年十二月、急性心筋梗塞のため、わずか半日で亡くなりました。

夫が最初に漢詩を自己流に訳したのは、一九七九年の秋に、引き揚げ後はじめて中国へ旅行して、杭州の西湖に行ったときの印象を、漢詩を借りて作ったつぎの詩でした。

晴レノ日ハ湖上ニサザナミガキラメキ
雨ノ日ハウス墨イロニケブル山ナミ
ムカシ西施トイウ美女アリテ
西湖ノ旅情ハソノヒトニタトエラレタ

(蘇《そ》軾《しょく》・飲湖上初晴後雨　其(二))

これを年賀状に印刷して出したら、いっしょに旅行した仲間などから思わぬ反響があって気を良くし、年の暮れになると漢詩を捻《ひね》るようになったようです。

自分ではこれを戯訳とよんでいました。

十年ほどたってから交通人総合文化展に出品、選者の宗左近先生のお目にとまって入選（一九九〇―九二年）。一方、戯訳を地方紙で取りあげて下さる方があったり、社内誌やほかの雑誌から原稿依頼があったりしたのも大きな励みになったようでした。

『月刊しにか』（大修館書店）に掲載した「漢詩を戯訳する―雲ハ流レテハテモナイ―」の中で「わが国で訓読によって広く親しまれてきた作品は、それ自体がひとつの普遍性をもっているから、それを越える訳詩をつくることは至難の業である。私の訳もまた訓読に及ばないというべきであろう。真の古典は、後世の人間がそれをどう解釈し、どう訳そうと、いささかもその真価を損ねることなく存在し、しかも、評釈され訳出された新たな作品にも価値が生まれることがあるのである。私は漢詩という古典を現代風に訳すことに意味を見いだした」と書いています。

一九九三年、六十五歳の誕生日から、漢詩戯訳の個人誌「湖畔吟遊」（B5判四ページ）を毎月百七十部くらい作り、知人や友人に配りはじめました。訳したい詩が訳しきれないほどあるといっておりましたが、四年八か月で終わってしまいました。

「湖畔吟遊」をいつかは本にしたい、それも、幅広い世代の人達に親しまれる本にしたいという夢を描いていました。しかし当人が死んでしまっては為す術もなく、「湖畔吟遊」五十六号分と他の雑誌にのせたものなどをまとめて『湖畔吟遊』(私家本)を作り、一周忌に知人友人に配りました。

このたび、柳川創造先生が、時間をかけ、ご苦労されて『湖畔吟遊』から抜粋して再編集して下さり、ハンディーで親しみやすい本として生まれかわったことをとても嬉しく思います。夫に代わりまして、心から厚く御礼を申し上げます。

また、死後五年を経てから、こうして日の目を見ることができましたのは、ひとえに生前お世話になった諸先輩をはじめとする多くの方々のお陰と、制作に携わって下さった集英社の皆様の熱意とご尽力の賜物と深謝申し上げます。

最後に、読者の皆様の共感を得られる幾篇かの詩がありますようにと願っております。

二〇〇二年十二月

松下　千恵子

索引

李白・杜甫など歴史上の人物の年齢表記は、広く伝えられてきた「数え年」を採用しました。

著者略歴

松下 緑（まつした みどり）

1928年東京に生まれる。父親が外交官だったため、46年まで天津・上海などで過ごす。日通総合研究所では資料室長と『輸送展望』編集長を兼務、鉄道政策・交通政策で健筆をふるう。長年にわたり漢詩の研究を続け、近代詩の世界でも活躍。97年死去。

編者略歴

柳川 創造（やながわ そうぞう）

作家・歌人。1925年山口県に生まれる。旧制広島高等師範（現・広島大学）国語漢文科卒業。主な著書に『よくわかる短歌』『わたしたちの古典』『万葉悲歌の旅』ほか。

漢詩《かんし》七五《しちご》訳《やく》に遊《あそ》ぶ
「サヨナラ」ダケガ人生《じんせい》カ

2003年2月10日　第1刷発行
2005年3月16日　第6刷発行

著　者◉松下　緑（まつした　みどり）
発行者◉谷山尚義
発行所◉株式会社集英社
〒101-8050　東京都千代田区一ツ橋2の5の10
電話／03(3230)6141　編集部
03(3230)6393　販売部
03(3230)6080　制作部
印刷所◉共同印刷株式会社
製本所◉ナショナル製本協同組合

 Printed in Japan ISBN4-08-781181-6 C0095